稲垣直樹

「星の王子さま」に聞く
生きるヒント

サン゠テグジュペリ名言集

平凡社

「星の王子さま」に聞く 生きるヒント
サン゠テグジュペリ名言集

「心で見なければ、よく見えてこない。大切なことは目には見えない」

　キツネが王子さまに教える「とても簡単な秘密」。『星の王子さま』作中のこの言葉はよく知られています。そして、何よりも、作品自体がとても多くの人に世界中で読まれています。1999年の調査によれば、第二次世界大戦後の累計、全世界のベストセラー・ランキングで1位の『聖書』、2位のマルクス『資本論』についで、第3位にランクされているといいます（サン＝テグジュペリ・インターネットサイト Le Site de la Société pour l'Œuvre et la Mémoire d'Antoine de Saint-Exupéry における「世紀の書物」の項）。これまでに少なくとも全世界で1億5000万部、日本国内で600万部が読者の手に渡ったと言われています。

　それだけ多くの人の心に響くのですが、それはどうしてでしょうか。

　私たちは目の前の現実にどうしてもとらわれて、その奥に「大切なこと」があると思いながらも、深く思い悩むことがあまりありません。サン＝テグジュペリは大切なことを静かにじっくり時間をかけて「心で見る」ことを行ってきた人です。人間について、愛について、人生について、仲間・友人について、仕事<ruby>メチエ<rt></rt></ruby>について、社会について、そして、大袈裟<ruby>おおげさ<rt></rt></ruby>ですが、歴史・人類・自然について、ものの見方について。そうした彼の沈思黙考<ruby>ちんしもっこう<rt></rt></ruby>──むずかしい言葉で言えば、「静観」──が控え目で朴訥な語り口で語られているからこそ、『星の王子さま』は私たちの心に響くのだと思います。

　『星の王子さま』は砂漠に不時着し遭難した飛行士が不思議な少年に出会う話ですが、サン＝テグジュペリは作家であると同時に飛行士でした。20世紀前半、死と隣り合わせの危険な郵便飛行に従事しました。その体験が彼に「大切なこと」についてじっくり思い悩むきっかけと時間を与えました。彼の作品にちりばめられた「大切な言葉」に耳を澄ましながら、生きるよすがとかヒントにするというのも、あながち無駄ではないかもしれません。

　ところで、アントワーヌ・ド・サン＝テグジュペリ（1900-44）とは、いったいどんな人だったのでしょうか。

『星の王子さま』という世界的なベストセラーの作者であり、有名な飛行士でしたから、さぞかしりっぱな、学業優秀で、仕事もばりばりこなし、輝かしい生涯を送った人物だと思われがちですが、事実はそうではありませんでした（詳しくは巻末の「年譜」をご覧いただきたいのですが）。学校の成績はあまりよくなく、同級生からは疎（うと）まれがちでした。当時の若者の多くと同じように難関校の海軍兵学校を受験しますが、3年続けて不合格となり、入学をあきらめます。就職して営業の仕事についても、実績をあげられませんでした。20代で恋に落ち、婚約にまで漕ぎつけますが、相手にあっけなく婚約を解消されてしまいます。

　あまりにも誠実でまじめな性格がかえって周囲の誤解を招き、不器用な生き方しかできなかったのかもしれません。

　この本の著者である私自身、子どものころから『星の王子さま』を読んで育った、いわゆる『星の王子さま』世代のひとりです。『星の王子さま』に限らず、サン＝テグジュペリの作品は、思い出してみると、どうも、ひどく気分が高揚したときとひどく落ちこんだときの、まったく正反対の気分のときに読んできたように思います。これはどうしてでしょうか。

　サン＝テグジュペリ自身の手になる『星の王子さま』の挿絵を見て読者のみなさんもきっと感じとっておられるでしょうが、思うに、限りないやさしさと表裏一体の、ある種の弱さとしか言いようのない、温かい気持ちが、ひしひしとサン＝テグジュペリの作品から伝わってくるからです。

　もともとサン＝テグジュペリは飛行機が大好きで、兵役のあいだに空軍の航空隊で飛行経験を積み、民間の飛行士ライセンスも取得していました。当時、最先端の郵便飛行の会社に、ほとんど人事担当者の「お情け」で採用されます。見習い期間がずいぶん続きますが、そのうち、思わぬ転機が訪れます。サハラ砂漠の飛行場勤務を命じられるのです。飛行場勤務と言っても、常駐するのは彼ひとりで、飛行場の整備、不時着機の捜索と飛行士の救出、敵対的で略奪をほしいままにしていた砂漠の民とのネゴシエーション……、すべてをこなさなければなりませんでした。とりわけ、

不時着機の飛行士を人質に取って、法外な身代金を要求する砂漠の民との交渉では、朴訥にぎこちなく、誠意を尽くすことしかできない、彼の持ち前の不器用さがかえって信用を勝ち得ました。

　1年半の砂漠の生活で、彼は最初の本格的小説『南方郵便機』(1929) を書きあげ、これを大手出版社から出版して、文壇にデビューします。その後、郵便飛行空路開発営業主任を務めたりしながら、『夜間飛行』(1931)、『人間の土地』(1939) と着実に作品を発表して、高い評価を受けます。1939年に第二次世界大戦が勃発すると空軍に復帰し、偵察飛行に従事して、『戦う操縦士』(1942) を執筆・刊行します。ドイツ軍がフランスに侵攻し、休戦協定が締結されると、動員解除となり、アメリカに亡命します。アメリカで反ナチスの言論活動を精力的に展開したあと、『星の王子さま』(1943) を置きみやげに、空軍の偵察飛行部隊に復帰します。飛行士としては高齢にもかかわらず偵察飛行を繰り返し、1944年7月、敵機に撃墜されて、地中海の藻屑と消えました。あとには未刊行の長編作品『城砦』(1948年死後出版) が残されました。

『星の王子さま』を中心に、こうしたサン＝テグジュペリの諸作品から選りすぐりの名言を集めて、解説というよりはその読解のヒントを添えて、お読みいただこうというのが本書の趣旨です。

　この本は最初のページから最後のページまで続けて読む、いわゆる通読をしていただいても、ある程度ストーリーが浮かびあがるようになっていますし、折に触れて、どれかひとつの名言だけを読んでいただくようにもなっています。章のタイトルや各名言に添えられたタイトルを参考に選んで、または、本のページを当てずっぽうに、さっと開いて、そこだけを読んでいただくのも一興かと思います。

　要するに、読者のみなさんが思い思いの読み方をしてくださって、サン＝テグジュペリの言葉から、思い思いの生きるヒントを紡ぎだしていただければと願うしだいです。

contents

仕事について
<ruby>仕事<rt>メチエ</rt></ruby>

バオバブ相手の怠惰は致命的 80-81／人のために汗水流す 82-83／規則やならわしが人間を創る 84-85／状況の変化の認識が必要 86-87／仕事が世界を拓く 88-89／気づかれずに部下を思いやること 90-91

社会について

人間の存在と社会的な現れは<ruby>乖離<rt>かいり</rt></ruby>する 94-95／人間社会での金銭的価値を批判する 96-97／人間のすべての欲望が揃う地球の社会 98-99／権力と権威の正当性とは？ 100-101／人間は長続きする周囲の現実を必要とする 102-103

歴史・人類・自然について

窮地の友に心の支援を 106-107／地球の支配者という人間の傲慢 108-109／節度は将来の自分たちの生存のため 110-111／地球だけが日々の生活を護る星 112-113／科学技術の急激な進歩を恐れない 114-115／平和を育むには今以上の光が必要だ 116-117／地球という同じ惑星の乗組員は連帯責任を負う 118-119／同時代の世界に人は責任を負う 120-121

ものの見方について

未知なるもの 124-125／真理とは世界を単純化するもの 126-127／ただひとつのことで世界は一変する 128-129／心で見れば王子さまはここにいる 130-131

あとがき 133
サン゠テグジュペリ年譜 136
主要参考文献 140

人間について

「人間たちのところにいたって、独りぼっちでさびしいものさ」

（『星の王子さま』第17章）

孤独を知ること

　王子さまは地球にやって来て、驚きます。なんと地球には人っ子ひとりいないのです。そんなはずでは……と思っていると、ヘビが現れます。ここは砂漠だからだと説明します。
「砂漠では独りぼっちで、ちょっとさびしいね……」と王子さまが言うと、ヘビは言い返します。
「人間たちのところにいたって、独りぼっちでさびしいものさ」
　周囲にいくら人間がいても、人間はもともと独りぼっちでさびしいもの、孤独こそが人間の本質的なありようだとヘビは言うのです。これは、まずもって、サン＝テグジュペリの実感だったと考えられます。
　4歳のときに、父親が病気で亡くなります。3人の姉妹と弟がひとりいましたが、17歳のときに、そのたったひとりの弟を病気で失います。学校でも、のろまで劣等生、クラスの笑い者でした。海軍兵学校の受験にも失敗し、恋愛をしてもうまく行かず、就職して営業の仕事についても、振るいませんでした。
　けれども、彼がここで言っているのは、もっと本質的な孤独。むずかしい言葉で言えば、存在論的な人間の孤独だと思われます。彼の最晩年には、フランスでは実存主義という思想が台頭しますが、人間はたったひとりでこの世界に投げ出されているという考え方です。そのたったひとりの状態が人間の出発点で、そこから人間は他の人間と、そして社会とつながっていくことになるのです。

「心がほんとうに悲しいとき、人は誰だって夕日が見たく
なるものなんだよ……」

(『星の王子さま』第6章)

☆ 「夕日観」のすすめ 🐚

　王子さまの孤独は誰もが心に抱える人間の本質的な孤独ですので、その表現として、王子さまは自分の星で、親もいなければ、兄弟姉妹も、友だちも、ほかの人間も誰ひとりいなくて、独りぼっちなのです。孤独が身に沁みて、心がほんとうに悲しいとき、あなたはどうしますか。人それぞれ、自分のやり方というものがあるでしょう。王子さまは夕日を観るのです。仏教の「観想」、さとりに至る瞑想法のひとつに「日輪観」「日想観」というものがあるそうです。西方に沈む日輪を観るようですが、やはり、夕日というのはそれを観ると、心が穏やかになるような気がします。

　ただ、王子さまの「夕日観」は深刻です。王子さまの星は小さいので椅子を少し動かしさえすれば、観たいと思うときにはいつでも夕日を観ることができます。「一日に44回も日が沈むのを見た日がある」と王子さまは言います。「君はそんなにも悲しくて悲しくてしようがなかったんだね？」と飛行士は斟酌します。

　三島由紀夫の短篇小説に『海と夕焼』(1955) という名作があります。子どものころフランスで人攫いに遭ったあと、売られたインドで、修行に来ていた日本の禅僧に助けられ、従者として日本にまで来て、年月とともに老いた男。夕日を観ながら、この男が遠い故郷を懐かしむのです。夕日はさらに遠い「魂の故郷」と言うべきものまで、人間に思い起こさせるのかもしれません。

「あの人たちは何を探しているのかしら?」

「乗せている機関士にしたって、それは分からないさ」

（『星の王子さま』第22章）

✧ 探しものは何ですか 🔍

　キツネと別れた王子さまは街に近づきます。線路の切りかえが仕事の転轍手に出会います。窓から光のあふれる特急列車が、まるで雷のような轟音を響かせながら、行き交っています。「急いでいるんだなあ」と王子さまが言い、そのあとに続く王子さまと転轍手の会話がこの名言です。

　汽車の旅客、つまり都会の生活者たちはとにかく闇雲に急ぐのです。読者のみなさんもご存じのように、今から200年くらい前に産業革命というものが起こって、工場で大量に製品を作り、それを汽車で遠くまで速く運んで売ることで社会が回るようになります。人間も速く移動しなければならなくなったのですが、そのおおもとは、時間が計られ、金銭に置きかえられるようになったからです。時給・日給・月給という賃金の支払われ方は、1時間・1日・1ヶ月あたりの賃金が決まっていて、それに時間数・日数・月数を掛けたものが、私たちが働くことで受けとるお金です。「スピード感をもってことに当たる」などと、速さ、時間の短縮が大切にされるのも同じような価値観です。

　金銭と、金銭に交換できる時間がいちばん大切なものであるかのように言われて、ついには、それだけが目的になってしまい、ほかのことどころか、ほんとうに大切なことも見失われてしまっています。それが「あの人たちは何を探しているか分からない」という王子さまと転轍手の言っていることです。「乗せている機関士にも分からない」というのは、私たちが勤めている会社などの組織にも、それは分からないということなのでしょう。もはや、社会全体が急ぐだけで、ほんとうに大切なことを顧みなくなっているというのです。

　砂漠でほんとうに大切な井戸が見つかったとき、王子さまはこのことを突然思い出して、「人間たちは特急列車に乗りこむには乗りこむんだけど、自分が何を探しているか分からなくなってしまっている」（『星の王子さま』第25章）と再び嘆くのです。

「人間たちが探しているものは、たった一輪のバラとか、ほんの少しの水のなかに、ちゃんと見つかるものなんだよ……」

(『星の王子さま』第25章)

✨ 探しものは見つかります 🪶

　砂漠で井戸が見つかり、滑車を動かすと、井戸が目覚めて歌い出すようにキーキーときしみます。飛行士が釣瓶で水を汲んで、王子さまの唇まで持ちあげます。王子さまはおいしそうにごくごくと水を飲みます。子どものころ、キラキラと輝いて見えたクリスマスの贈り物と同じで、「その水は心によいもの」でした。そんな水で口を潤したあと、王子さまがおもむろに発する言葉がこの名言です。それに対して「そのとおりだよ」と飛行士は相槌を打つのですが、そうすると、王子さまは念を押すように付け加えます。

「けれども、目には何も見えないんだ。心で探さなくちゃだめなんだよ」

　探しものの見つけ方は「心で探す」ことだったのです。けれども、それはそんなに容易なことではありません。それが何の苦もなく、いとも自然にできていたのが子どものころだとここでは言われています。子どものころ、クリスマスの贈り物がキラキラと輝いて見えたのは「クリスマス・ツリーの光、真夜中のミサの音楽、みんなが浮かべるやさしい微笑み。そうしたものが寄り集まって」いたからでした。子どものころのなにげない思い出は、水と同じで「心によい」ものなのです。子どものころを懐かしく思い出さない人はたぶんいないでしょうが、子どものころはそうした遠くの「魂の故郷」に通じる入り口のひとつなのです。

　19世紀前半のロマン派に近いドイツの作家ジャン・パウル（このペンネームはファーストネームふたつの組み合わせです。子どものころ、人はファーストネームでしか呼ばれないものですが、それをペンネームにしている作家です）は次のような美しい文章を、子ども時代について残していると精神分析学者マルト・ロベールは言います。

「子ども時代というものは、私が誰ひとり人間を、自分自身さえも知らないながら、すべての人間を愛していた時代、年齢、つまり、経験という名のよく切れる剣によって、私たちの誰もがそこを去らねばならず、そこへ戻るどんな手立ても私たちには禁じられている楽園から、まだ私が放逐されていなかった時代なのだ」（『起源の小説と小説の起源』第2章）と。

不思議なことが起こって、すっかり、あっけにとられている
ときには、人は知らず知らず言われるとおりにしてしまうも
のです。

（『星の王子さま』第2章）

✦ 直観を信じること ◗

　飛行士がサハラ砂漠で遭難して最初の夜が明けようとしていたころ、不思議なことが起こります。「ヒツジの絵、かいてよ……」と、小声が聞こえてきたのです。驚いて飛行士が跳ね起きると、目の前には、見るからに風変わりな男の子がいるではありませんか。

　人の住む所から何千キロも離れた、こんな砂漠の真ん中で、その男の子は「道に迷ったみたいでも、くたくたに疲れたみたいでもなく、お腹がペコペコで、喉が渇いて死にそうでも、怖くて死にそうでも」なかったのです。やっと口がきけるようになって、「いったいぜんたい、こんなところで何をしているんだい？」と尋ねても、男の子は「ヒツジの絵、かいてよ……」と繰り返すだけでした。そのあとに来る文章が表題に掲げた名言です。

　飛行士は知らず知らずのうちにポケットから紙を一枚と万年筆を取りだして、言われるとおりにしてしまいます。ヒツジなど一度もかいたことのなかった飛行士は、彼がかけるたった二枚の絵のうちの一枚、お腹のなかが見えない大蛇ボアの絵をかいてあげます。飛行士がびっくりしたことに、その子は「ボアのお腹のなかのゾウなんか、かいてもらわなくていいよ」と、かつてこの絵を見せても、誰ひとり分からなかった絵のほんとうの意味をこともなげに言い当ててしまいます。飛行士は男の子に言われるままに、何度もヒツジの絵をかきなおします。

　少々穿ちすぎかもしれませんが、会った瞬間にも、この子がほんとうのことが分かると直観したからこそ、飛行士は「知らず知らず言われるとおりにしてしま」ったと考えられなくもありません。さらに言えば、これが、飛行士と王子さまの物語の始まりなのですから、第一印象、直観の正しさは決して侮れないということにもなるでしょう。

「人を裁くより、自分を裁くほうがはるかにむずかしい。おまえが自分をちゃんと裁けたら、おまえはほんとうの賢人ということになる」

（『星の王子さま』第10章）

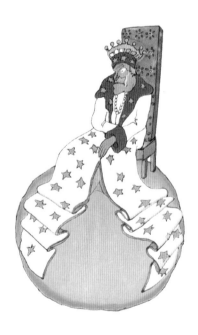

✫ 自分を裁くのはむずかしい 🌐

　王子さまは自分の星をあとにしてから、何か学ぶことはないかと、いくつかの星を訪ねます。地球に来る前に全部で六つの星を訪ねるのですが、どの星も住んでいる住民はひとりだけ。その一人ひとりが人間の持つ欲望の一つひとつを表すように仕立てられ、しかも、おもしろおかしく、いわば戯画化されています。最初に訪ねた星には王様がひとりで住んでいました。

　王様は自分以外はみんな臣下だと思って、命令ばかりしていました。王子さまがあくびをしようとすると、「あくびをすることを命令する」と言い、座ろうとすると、座ることを命令し、質問しようとすると、質問することを命令します。王様は自分の命令には絶対服従を求める「絶対君主」だったのですが、同時に、「とても善良な君主だったので、王様は道理に適った命令ばかりを出していました」とも説明されます。

　『星の王子さま』は1942年から翌年にかけて書かれたのですが、このとき、作者のサン＝テグジュペリはアメリカに亡命中で、フランスを蹂躙したヒットラー政権に反対して、言論活動を盛んに展開していました。道理に適った命令などひとつもなく、武力による侵略、ユダヤ人迫害を繰り返すヒットラーは「自分を裁く」ことなど微塵もできない人間でした。そして、彼に命令される「臣下たち」、当時のドイツ国民たちも「自分を裁く」ことから程遠いマインド・コントロール状態にありました。「自分を裁く」ことがいかにむずかしいか、肝に銘ずべきだという教訓なのでしょう。

「はかないとは、近いうちに消えてなくなる恐れがあると
いう意味だよ」

(『星の王子さま』第15章)

✦ すべてがはかないことを知る

　王子さまが訪ねた6番目の星は地理学者の星でした。地理学の本には、山とか大洋とか、永遠に変わらないものだけを記録する。王子さまが言うような花は記録にはとどめない。その理由は「花がはかないからだ」。こんなことを地理学者は教えます。王子さまが「はかない」とはどんな意味かと尋ねると、地理学者は「近いうちに消えてなくなる恐れがある」という意味だと答えます。王子さまは自分の星に残してきた花のことを思い浮かべます。

　思えばサン＝テグジュペリの人生は、人の命がはかないことを思い知らされ続けた人生でした。彼が4歳のときに父親が41歳で、17歳のときに弟が15歳で病死しました。その後、彼が従事した郵便飛行は20世紀前半当時は、雲の下は地獄だと常に緊張を強いられるほど、死と隣り合わせの仕事でした。航空史に名を残すジャン・メルモーズやアンリ・ギヨメをはじめとして、ほとんどすべての飛行士仲間たちは操縦桿を握ったまま若くして命を落としました。そして、ついに彼自身も偵察飛行中に44歳で撃墜されて、帰らぬ人となったのです。

消滅した者たちだと言うのか？　変わりゆく人間たちの
あいだにあって、死者たちだけが永続し、彼らが見せた
最後の面立ちは、彼らの残した、いかなるものも決して
打ち消しようがないほどに真実だったというのに。

（『南方郵便機』第2部第7章）

✦ はかないからこその永遠 ◗

『人間の土地』のなかに「僚友」と題する章があります。「僚友」とは少し耳慣れない言葉ですが、仕事仲間という意味です。表題の名言はもっと一般的な意味で、死者たちの永遠なることを述べた言葉ですが、彼の頭のなかには、草創期の危険な郵便飛行にともに従事し、蒼穹（そうきゅう）に散った仲間たちのことが常にありました。『人間の土地』の「僚友」の章では、こうした郵便飛行の仲間たちのことが描かれています。

ところで、アニメ映画の宮崎駿監督が大のサン゠テグジュペリ・ファンであることはよく知られていますが、その監督作品『紅の豚』(1992)でそうした飛行士たちに彼がオマージュを捧げようとしたのはあまり知られていません。『紅の豚』では、凄惨な戦争体験のトラウマから自分に魔法をかけて豚顔になった退役軍人飛行士ポルコ・ロッソ（紅の豚）が、愛機を駆って冒険を繰り広げます。この作品の時代設定が1929年ごろとされていますが、これはまさに郵便飛行の時代です。宮崎監督自身の手になるイラストが映画のエンドロールで映し出されるのですが、その同じイラストには、映画でジーナの声を担当した歌手の加藤登紀子さんとの共著『時には昔の話を』(1992)では、タイトルがつけられています。そして、そのなかに「南方郵便機」や「僚友」というタイトルがあります。「僚友」というタイトルのイラストは、奇妙なことにも、主人公と同じ豚顔をした飛行士30名ほどが5列に並んだ記念写真風のものです。映画のエンドロールでバックに加藤登紀子さんが歌う「時には昔の話を」という曲がずっと流れていますが、この「僚友」というイラストが映し出されるときには、「時には昔の話を」の3番の歌詞の冒頭「一枚残った写真をごらんよ」と直前の画像で歌われた「あの日のすべてが空しいものだと／それは誰にも言えない」を受けて、「今でも同じように見果てぬ夢を描いて／走りつづけているよね」と歌われる歌詞が、この「僚友」というイラストとシンクロしているのです。30名の飛行士たちすべてが「豚」であり、ポルコ・ロッソ（紅の豚）という飛行士のなかに凝縮されて、ある種、永遠の存在になっていると言えなくもないでしょう。

愛について

「花たちはか弱いんだ。花たちは心が純なんだ。なんとかして安心を手に入れたいんだ。トゲがあったら、自分が怖く見えるだろうって思うんだよ……」

(『星の王子さま』第7章)

☆ 虚勢を張るのは純粋さの表れ

　いろいろと世話を焼いてあげた美しいバラの花を残して、王子さまは自分の星をあとにしました。花のことが気になって仕方がないときがありました。地球に来て、飛行士に出会い、ヒツジの絵をかいてもらうと、ヒツジが花を食べてしまいはしないかと心配になりました。「花にトゲがあってもヒツジは食べるから、トゲは何の役にも立たない。花がいじわるだってこと。それだけのこと」と飛行士がひどいことを言うので、王子さまは真剣に花をかばいます。それが表題の言葉です。

　サン＝テグジュペリがバラの花に妻コンスエロの姿を見ていることは、知る人ぞ知ることです。出会いからして、コンスエロは彼に対してバラの花のようにトゲを立てていました。南米アルゼンチンのブエノス・アイレスで郵便飛行会社の空路開発営業主任をしていた30歳のころのことです。あるパーティで、中米グアテマラ出身で1歳年下の若い未亡人と知り合います。50歳を超えた夫に死別したばかりの未亡人で、夫からかなりの遺産を引き継いで、気ままに暮らしていました。『バラの回想』(2000年死後出版)と題するコンスエロの回想録によれば、このとき、サン＝テグジュペリはしつこく言い寄った挙げ句、パーティ出席者数人とともに彼女を無理矢理、飛行場に誘い、ほかの人は後席に押しこめるとともに、彼女だけ狭いコックピットに乗せて飛びたったといいます。海上に出たところで、突然「キスしてくれませんか」と、飛行機を海に突っこませるジェスチャーをしながら、サン＝テグジュペリが脅してくるので、彼女は慣慨して「手に持っていたハンカチを噛みしめた」(同書第2章)とのことです。

　サン＝テグジュペリが女性を脅迫するために、神聖な飛行機を使ったとは考えにくく、彼に失礼な態度を取られたことの、ある種コンスエロの反撃めいた記憶の書きかえかもしれません。その日は飛行場からサン＝テグジュペリのマンションに移動し、一夜を明かして、翌朝「目覚めたときには、彼の腕のなかにいた」と『バラの回想』(第2章)にコンスエロは書いています。このあと、ふたりは電撃的に結婚します。何かというとトゲを立てるコンスエロの無理な虚勢を通して、サン＝テグジュペリは彼女の心の純粋さを深く理解し、守ってあげたくなったのでしょう。

「君が君のバラのために失った時間こそが、君のバラを
かけがえのないものにしているんだよ」

（『星の王子さま』第21章）

☆ 時間を無駄に使ってこその愛

　キツネが別れ際に王子さまに教える「真実」です。私たちは普通、何かの役に立つから、あることを一生懸命するものです。ところが、ここでキツネが王子さまに教えているのは時間を失う（英語のloseと同じ意味のperdreという動詞が使われています）こと、つまり、時間を無駄に使うからこそ、そのために時間を無駄に使った相手が唯一無二の大切な存在になる、ということです。

「君のバラ」というのは王子さまが自分の星に残してきたバラの花のことです。どこからともなく種が飛んできて咲いた、とても気むずかしい我がままバラでした。けれども、王子さまはそのバラのために、水をやったり、風よけの衝立を立てたり、ガラスの覆いを被せたり、茎の毛虫を取ってあげたり……。そんな、王子さまにとっては何の得にもならないことに時間をかけたからこそ、バラは王子さまにとって大切なものになったのです。

　30歳の声を聞くころ、サン゠テグジュペリは郵便飛行会社の空路開発営業主任として、南米アルゼンチンのブエノス・アイレスに赴任しました。あるパーティで、コンスエロという若い未亡人と知り合います。またたく間に彼は虜になり、彼女と結婚するのですが、そのエキセントリックな性格にすぐに悩まされます。生活のリズムが合わず、別居生活を余儀なくされます。サン゠テグジュペリがアメリカに亡命するときも、コンスエロはフランスに残り、芸術村のような所で、知り合いの芸術家たちと共同生活をしたりします。その後、彼はニューヨークに彼女を呼び寄せますが、別居を続け、『星の王子さま』を執筆する1942年夏から冬の短いあいだだけ広い邸宅でともに暮らします。離婚の危機に何度も見舞われながらも、最後まで愛し続けた妻コンスエロ。その姿をサン゠テグジュペリはバラの花に託して語っています。ですから、バラの花は王子さまにとっても「かけがえのないもの」になっているのです。

愛の腕（かいな）はあなたの現在、あなたの過去、あなたの未来とともに、あなたを抱きしめる。愛の腕はあなたのすべてをひとまとまりにする。

（『南方郵便機』第2部第9章）

愛は現在・過去・未来の　すべてを引き受けるもの

『南方郵便機』(1929)はサン゠テグジュペリが砂漠の飛行場長をしていた1年半のあいだに執筆し、フランスに帰国後、出版した最初の小説です。この小説が大手出版社から出版されたことで、彼は作家として出発します。小説では、砂漠の飛行場長であるナレーターが、幼なじみで同僚の飛行士ベルニスのことを語ります。ふたりの共通の幼なじみジュヌヴィエーヴにベルニスは恋心を抱いていたのですが、ジュヌヴィエーヴはほかの男性と結婚し、一児をもうけています。この子どもが病死したことで、ジュヌヴィエーヴはこれまでの結婚生活があっけなく崩れ去るのを感じます。

　そんな折、ベルニスと再会し、夫が留守のあいだに、ベルニスの車でパリを出て、逃避行に及びます。車が不具合を起こし、何よりもジュヌヴィエーヴが疲労から熱を出して、ふたりはパリ近郊の街のホテルで一夜を明かします。その翌朝、逃避行の夢から覚めるのを押しとどめるかのように、ジュヌヴィエーヴは自分を抱きしめてくれるようベルニスに言おうとします。表題の名言はそのあとの言葉です。愛の腕(かいな)に抱きしめられるとすれば、それは、自分の現在だけでなく、これまで生きてきた過去も、これから生きる未来もすべてを引っくるめてのことであり、自分の全存在を引き受けさせることになります。幼なじみではあっても、その後、別の道を歩んできたベルニスにそれを求めることはできないし、自分もそれを望まない。ジュヌヴィエーヴは一瞬の自分の心の動きを打ち消して、実際にはこうベルニスに言うのです。「いいえ。私に構わないでちょうだい」

　その後、ふたりは何事もなかったかのようにパリに戻り、別れます。愛というものの重さを量る、美しいエピソードと言えるでしょう。

「花がぼくに何を言ったか、ではなくて、花がぼくに何をしてくれたか。それを考えて、花が大切かどうか、決めなければいけなかったんだ」

（『星の王子さま』第8章）

✵ 何をしてくれたかを思うこと ◯

　どこからともなく種が飛んできて、王子さまの星で咲いた美しいバラの花。バラの花が好きになった王子さまは一生懸命、花の面倒をみます。けれども、花は気むずかしくて見栄っ張りで、気に入らないことがあると、何でも王子さまのせいにします。王子さまはやりきれない気持ちになったことも再三でした。

　バラの花を残したまま、王子さまは自分の星をあとにして、地球に来るのですが、時間が経って初めて、自分の至らなさに気がつきます。

　花の気持ちが矛盾だらけなことを認めて、花の表面的な言動に思い悩まず、花が自分に何をもたらしてくれたかを考えるべきだったと理解します。「花はぼくをかぐわしい匂いで包んでくれた。ぼくを明るく照らしてくれた」。そう思うと「どうやって花を愛してあげたらいいか、分からなかった」自分が悪かったと反省するのです。

　こうしたバラの花に対する王子さまの気持ちは、妻のコンスエロに対するサン゠テグジュペリ自身の気持ちを多分に反映していると考えることができます。郵便飛行会社の空路開発営業主任としての任地、アルゼンチンのブエノス・アイレスで一夜にして意気投合し、電撃結婚した妻のコンスエロ。彼女は気位が高く、芸術家肌で自由奔放なところがありました。サン゠テグジュペリも貴族の長男として育ったプライドの高い人間でしたから、お互いの強い主張がぶつかり合って、結婚生活に波風が立たないはずもありませんでした。

「何百万、何千万という数の星に、たった一輪しか咲かない花を誰かが好きだったら、その誰かが星空を見あげるとき、たったそれだけのことで、幸せだな、って思うんだよ」

（『星の王子さま』第7章）

☆ 大切な人を思う幸せ 🪐

　飛行士に「バラの花がトゲを持っているのはバラの花がいじわるだから
だ」と言われて、王子さまは真剣にバラの花をかばいますが、そのうちに、
自分の星に残してきたそのバラの花がこの上なくいとおしく、かけがえのな
いものに思えてくるのでした。そんな王子さまが思わず口にする言葉です。

　自分の星から遠く離れた地球に来て、星空を見あげたとき、星空のどこ
かに、この世でたった一輪の愛するバラの花が咲いている。そう思うだけ
で幸せになる。こうした王子さまの気持ちは実のところ、祖国フランスに
妻のコンスエロを残して、遠くアメリカに亡命したサン゠テグジュペリ自
身の気持ちでもありました。

　第二次世界大戦が勃発し、サン゠テグジュペリは空軍の偵察部隊に復帰
しますが、ほどなく、フランス国土の5分の3がナチス・ドイツに占領さ
れるとともに、独仏休戦協定が結ばれて、動員解除になります。アメリカ
の参戦を促して祖国を救うべく、サン゠テグジュペリは、すでにベストセ
ラーによって名声を得ていたアメリカに渡ります。パリのラジオ局でスペ
イン語放送を担当したりしていたコンスエロは独立心が強く、フランスに
残ることを選びます。

　妻の意向を尊重したサン゠テグジュペリの手配によって、コンスエロは
まず、スペイン国境ピレネー山脈に近い中堅都市ポー郊外の村に農家を借
り、サン゠テグジュペリの軍人仲間たちと共同生活を営みます。南仏ア
ヴィニョン郊外のオペード゠ル゠ヴィユという山間の静かな村に、パリの
芸術家たちが大勢、戦火を逃れて移住していました。サン゠テグジュペリ
の勧めもあって、コンスエロはこの、いわば、芸術村に移り住みます。そし
て、アマチュア芸術家ながら、絵画と彫刻の制作に日々いそしみました。

　そんな遠くのコンスエロを思って、サン゠テグジュペリは、王子さまの
言うように「あの満天の星のどこかに、ぼくの花が咲いているんだ……」
と独り言を言ったかもしれません。

愛の修練は愛が成就しないところでしか行われないもの
だ。山々の青々とした景色を愛でる修練は山の頂に至る
岩を登るうちにしかなされない。神を崇める修練は、神
が決して応えてはくれない祈りをあげるうちにしか行わ
れない。

(『城砦』第50章)

☆ 成就しない愛こそ人を鍛える

　サン＝テグジュペリは撃墜されて44歳で非業の死を遂げるのですが、その7年も前から、時間を見つけては『城砦（じょうさい）』という、物語でも、哲学書でも、随筆でもない、長大にして不可思議な、迷路か迷宮のような作品を書き続けていました。彼自身が「遺作」になるだろうと何度も繰り返し述べていて、その死とともに、未整理の未定稿の堆積として残されました。古代の砂漠の民、ベルベル族の王が先王の言葉を思い起こしながら、人間と国家と文明について延々と持論を語るものです。表題の名言はその一節です。

　ベルベル族の王にとってと同様に、サン＝テグジュペリにとって、愛は、それを渇望し、耐えることの修練にこそ、その本質があったようです。

　妻コンスエロをフランスに残して渡米してから1年が過ぎようとしていたころ、サン＝テグジュペリはコンスエロをアメリカに呼び寄せます。けれども、やはり、ふたりの関係の修復はおぼつかなく、ニューヨークでもふたりは別居します。サン＝テグジュペリのアパルトマンには女友だちが出入りし、コンスエロもお気に入りの芸術家たちを自分のアパルトマンに招き入れていました。ふたりは弁護士を立てて離婚の話をするまでになってしまいます（『バラの回想』第25章）。

　先王が自分にこんなことを言ったとベルベル族の王は思い出します。「王である私は、ただそれだけがおまえを成長させることのできる一本のバラの木をおまえに与えよう。おまえの成長のためには是非ともバラが必要だと私は考えるからだ」（『城砦』第185章）と。ここでいう自分を成長させるバラとは、コンスエロのことを言っている。そう思える言葉です。

　そうこうしているうちに、1942年夏、「熱帯のような暑さ」（『バラの回想』第26章）がニューヨークを襲い、コンスエロが探してきた別荘にふたりは揃って移り住みます。サン＝テグジュペリが『星の王子さま』執筆に没頭していたこともあって、このとき初めてふたりは平穏な生活を送ります。しかし、それも束の間、半年後には『星の王子さま』を完成させて、サン＝テグジュペリは航空部隊に復帰するべく、ヨーロッパ戦線に旅立ってゆきます。

「『なじみになる』っていったいどういうことなの？」

「それはねえ、『絆を結ぶ……』ってことだよ」

（『星の王子さま』第21章）

✦ 絆を結ぶとは？ ○

　5千本もの同じバラの花が咲いている庭に来て、王子さまは悲しくなってしまいます。この世にたった一輪しかないバラの花を宝にしていると信じていたのですが、実は、自分はどこにでもあるバラを一輪持っていただけなのだと分かったからです。そんなとき、キツネが現れます。「いっしょに遊ぼう」と誘いますが、「なじみになっていないから、いっしょに遊べない」と断られます。「『なじみになる』っていったいどういうことなの？」と王子さまが同じ質問を三度繰り返して初めて、キツネは「絆を結ぶ」ことだと答えてくれます。王子さまはさらに質問します。

「絆を結ぶ？」

「そうだよ」とキツネは説明します。「君はまだぼくには、ほかの十万人の子どもとまるで違いがない子どもさ。だから、ぼくは君がいてもいなくても気にしない。君のほうでも、君はぼくがいてもいなくても気にしないだろ。ぼくは君には、十万匹のキツネと同じような一匹のキツネさ。だけど、君がぼくのなじみになってくれたら、君とぼくとはお互いになくてはならない者同士になる。君はぼくにとって、この世でたったひとりの子どもになるし、ぼくは君にとってこの世でたった一匹のキツネになるのさ……」

　すると、王子さまは「花が一輪咲いていて……。その花はぼくのなじみになってくれたと思う……」と、バラの花の大切さを納得します。

「なじみになる」と訳したのは、フランス語の apprivoiser という動詞で、これは通常「（動物を）飼い馴らす」、そして、それから派生して、まるで動物のように相手を思いどおりに扱うという意味で「（人を）手なずける」というように使われます。それが、『星の王子さま』では、「時間をかけて相手がかけがえのない存在になる」という、サン＝テグジュペリ独自の特殊な意味で、合計17もの重要な箇所で使われています。このキーワードの特殊な意味も考えて、拙訳『星の王子さま』では、17箇所すべてで違和感のない同じ「なじみになる」を訳語としました。

「君が自分でなじみになったものに対して、君はずっと責任があるんだからね」

（『星の王子さま』第21章）

✫ 君はずっと責任がある 🪐

　なじみになるとは、絆を結ぶこと、時間をかけて相手がかけがえのない存在になること。こうキツネは王子さまに教えたあと、さらに、大切なものは目には見えないこと、王子さまがバラのために失った時間こそが、王子さまのバラをかけがえのないものにしていることを教えます。そのあと、「人間たちが忘れてしまっている真実」を最後にキツネは王子さまに伝えます。それは、「君が自分でなじみになったものに対して、君はずっと責任があるんだからね。君は君のバラに対して責任があるんだよ……」ということでした。それを聞いて、王子さまは「ぼくはぼくのバラに対して責任がある……」と何度も繰り返します。

　こうした強い責任感は、サン゠テグジュペリが命を賭して郵便飛行を完遂しているうちに身につけたものに違いありません。なぜならば、危険と隣り合わせの郵便飛行にあっては、誰かがほんの少しでも責任のたがを緩めたら、ほかの誰かにとって命取りになってしまうからです。『夜間飛行』で空路統括責任者のリヴィエールが、少しの気の緩みも容赦しない、鉄の規律を部下全員に強いるのもそのためでした。

　「人間であることは、まさに責任を持つということだ」（『人間の土地』第2章「僚友」）とサン゠テグジュペリは言っています。あらゆることについて責任を痛感する、現代からすれば、不器用な生き方しか彼はできなくなっていたのです。妻コンスエロを亡命先のニューヨークに呼び寄せたのもそうでした。それに、飛行士としての年齢制限を超えてまで、ヨーロッパ戦線で偵察飛行を繰り返し、ついには命を落とすのもそうでした。偵察飛行を繰り返す理由を彼は、「自分の世代が巻きこまれたごたごたを何ひとつ拒むわけにはいかないからだ」（『人生に意味を』「Xへの手紙」、『戦時の記録』「1943年6月」収載）と説明しています。

愛とは互いに相手を見つめることではない。いっしょに
同じ方向を見つめることだ。

（『人間の土地』第3章「人間たち」）

☆ 同じ方向を見つめるのが愛

　サン＝テグジュペリが愛amourと言うときには、男女間の恋愛だけでなく、もっと広い意味で人間同士の深い絆を言うことがあります。ここではそうした愛が語られています。表題の名言の前後を訳すと次のようになります。

「私たちのいずれからも独立した、共通の目的によって仲間たちと結びつけられるとき、私たちは安心する。愛とは互いに相手を見つめることではなく、いっしょに同じ方向を見つめることだと、私たちは経験から分かっているのだ。同じザイルに結ばれて、登頂した暁に顔を合わせるはずの同じ山頂をめざすときにしか、仲間たちというものは存在しない。そうでなければ、なぜ、この快適に暮らせる時代にあって、砂漠で、残された最後の食糧を分かち合うのに、私たちはあれほどの無上の喜びを見出したりするのだろうか」

　郵便飛行にともに携わる僚友（仕事のうえの仲間）たちこそ、サン＝テグジュペリにとってほんとうに信頼できる仲間たちでした。冬のアンデス山脈に墜落し、6日間、雪山をさまよった挙げ句の果てに奇跡的に助かったアンリ・ギヨメ。サン＝テグジュペリ自身がリビア砂漠で不時着したとき、ともに4日間砂漠をさまよって奇跡的に生還した同乗の整備士アンドレ・プレヴォー。ギヨメ生還の思い出、それに、砂漠でプレヴォーと手持ちの最後の食糧を分け合った生々しい記憶がサン＝テグジュペリに蘇ったのです。

　こうした極限状態をともに生きた仲間との深い絆こそが、サン＝テグジュペリにとっての人間の本質的結びつきであり、愛だったのです。サン＝テグジュペリは幼少期の伯爵夫人邸とカトリックの寄宿学校でキリスト教教育を徹底して受けました。『新約聖書』にある愛の概念のうちで、フィリア（兄弟愛、隣人愛）を極限状態で強く意識したのかもしれません。

「この王子さまの寝顔を見て、こんなにぼくが心を動かされるのは、王子さまが一輪の花のことを一途に思い続けているからだ。バラの花のおもかげが王子さまの心のなかで、王子さまが眠っているときでさえも、ランプの炎のように輝いているからだ……」

(『星の王子さま』第24章)

☆ 人を愛する人は幸いである ◯

　砂漠に不時着してから8日目になって、もう飲み水は一滴も残っていませんでした。「井戸を探そうよ」。王子さまの提案で、飛行士と王子さまは、井戸を求めて砂漠を歩きます。何時間も歩いて、王子さまは疲れてしまいます。ふたりは少し休みます。王子さまが眠ってしまいそうになったので、飛行士は腕に王子さまを抱きかかえて歩きます。そうしているうちに、なんだか壊れやすい宝物を運んでいるような気持ちに飛行士はなってきます。地球上にこれほど壊れやすいものは何もない。そんな気さえしてきます。「月の光に照らされた蒼白い額、つむった瞳、風に揺れる金髪の房」、それらを眺めていると、少し開いた王子さまの唇に、かすかに微笑みが浮かびます。そのとき飛行士が思わず心のなかで呟くのが表題の言葉です。

　自分の星に残してきた一輪のバラの花のことを王子さまは一途に思い続け、その思いがランプの炎のように王子さまの心のなかで輝いている……。王子さまの思いに託して、サン＝テグジュペリは、自分自身の心を描いていたのかもしれません。ナチス・ドイツに支配された祖国フランスを救うべく、アメリカの参戦を促す言論活動をニューヨークを拠点に1940年末から彼は展開していました。そんな多忙のなか、遠くフランスに残してきた妻コンスエロに思いを馳せない日はありませんでした。

「君と離れてクリスマスを過ごすなんて、ぼくはほんとうに絶望している。君のことを思うだけでぼくは百歳も歳を取ってしまった。こんなに君のことを愛おしく思ったことはない」（『バラの回想』第22章）などと、サン＝テグジュペリが書き送ってきたとコンスエロは回想録に記しています。そして、別離からほぼ1年が過ぎて、サン＝テグジュペリはコンスエロをニューヨークに呼び寄せるのです。

人生について

人生には解決法などというものはない。前進する力があるのだ。前進する力を創りださなければならない。そうすれば、解決法はあとから付いてくる。

(『夜間飛行』第19章)

☆ 前進する力が解決を導く ◎

『夜間飛行』(1931) は、郵便飛行が新たな段階を迎えた時代の話です。それまでフランスから北アフリカまでだった郵便飛行航路が、大西洋を越えて、アフリカ大陸と隣り合った南アメリカ大陸まで延長されました。拠点がアルゼンチンのブエノス・アイレスに置かれました。南のパタゴニア、西のチリ、北のパラグアイから、それぞれ一機ずつの飛行機によって郵便物をブエノス・アイレスに輸送します。そこで郵便物をひとまとめにして、飛行機一機に搭載し、大西洋を越えて、北アフリカ経由でフランスに運ぶのです。他の輸送手段に対する優位を確保するために、三方向から郵便物がブエノス・アイレスに到着するのは真夜中で、この三方向からの飛行も、そして、ブエノス・アイレスから北アフリカに向けての飛行も夜間飛行となりました。それだけに危険なフライトであり、とりわけ、三方向からブエノス・アイレスへの飛行は次のフライトへの接続のため、一刻の遅延も許されませんでした。そんなフライトすべてを間断なく無線交信で見守るのが、空路統括責任者のリヴィエールであり、その直属の部下、業務監督のロビノーでした。

　飛行機が悪天候に見舞われたり、飛行機の到着が遅れそうになったり、何か問題が起きたときには、ロビノーはオフィスにリヴィエールを訪ねて、何か進言をするのが常でした。そうすることが、リヴィエールの緊張をいくらかでも和らげると彼は信じていたからです。実際のところ、ロビノーの進言などは、すでにリヴィエールは検討済みで、そんなとき彼が決まって口にするのが表題の名言です。

　何よりもまず「前進する力」、つまり、物事を何が何でもやり遂げようとする強い意志が大切で、それなくしては何もできず、そして、それさえあれば、具体的な解決策はおのずと見えてくるというのです。ある種の精神主義とでも言いうる考え方ですが、おそらく、現場でせっぱ詰まったときには、こう考えるより方法がないのかもしれませんし、こう考えることによって活路が見いだせることをリヴィエールは経験から学んでいたのかもしれません。

「満天の星が美しいのは、目には見えない花が、どこかの星に咲いているからなのさ……」
「砂漠が美しいのは、砂漠がどこかに井戸を隠し持っているからなんだ……」

（『星の王子さま』第24章）

✨ 大切な何かにズームせよ 🪐

　王子さまの提案で、飛行士と王子さまは、井戸を求めて砂漠を歩きます。何時間も歩いたあと、疲れて、ふたりは腰を下ろします。そんなとき王子さまがふと「満天の星が美しいのは、目には見えない花が、どこかの星に咲いているからなのさ……」と口にします。

「砂漠が美しいのは」と王子さまは続けます。「砂漠がどこかに井戸を隠し持っているからなんだ……」

　これを聞いて飛行士は、子どものころ住んでいた古い家を思い出します。言い伝えでは、その家のどこかに宝物が隠されているということでした。誰もそれを探したりはしなかったのですが、その宝物のおかげで、家全体が魔法にかかったように美しく思えたものでした。「家だって、満天の星だって、砂漠だって美しいのは、目には見えないもののおかげだね」と飛行士が言うと、「ぼくはうれしいよ」と王子さまが答えます。「君がぼくのキツネと同じ考えだってことがね」

　この場面がどんなに印象的だったかは、アニメ監督の宮崎駿さんの記憶におそらくこれが残っただろうことから、容易に想像がつきます。『天空の城ラピュタ』(1986) のエンドロールで、天空の城ラピュタは (『星の王子さま』に描かれたような) バオバブとおぼしき巨木が古代都市をひとつ丸ごと抱えこんだ形で登場します。そのラピュタが地球の上の宇宙空間に浮かんだまま、地球が夜から昼へ、そして、また昼から夜へと変化するさまが約3分間も続きます。その間流れる歌が「宮崎駿作詞」の有名なエンディング曲「君をのせて」です。この曲の歌詞の冒頭は「あの地平線輝くのは／どこかに君をかくしているから／たくさんの灯がなつかしいのは／あのどれかひとつに君がいるから」となっています。これが、ここに掲げた表題の言葉とまったく同じ発想になっているのです。

自分の力だけでは、おとなたちは何も分かりはしません。だから、おとなたちには、いつだって、いつだって説明をしてやらなくてはいけないのです。子どもたちはほんとうに疲れてしまいます。

(『星の王子さま』第1章)

☆「おとな」は本質を理解しないと理解すること

　飛行士は「6歳のころ」生まれて初めて絵をかきます。「ゾウをお腹に呑みこんだ大蛇」の絵でした。けれども、おとなたちは「帽子」としか見てくれません。そこで、仕方なく「大蛇のお腹のなか」をかきます。それでもおとなたちは何も分かってくれません。「すっかり自信をなくしてしまった」飛行士が「6歳のとき、画家になる、すばらしい将来をあきらめました」と記述され、それに続いて表題の名言が出てきます。一般常識では、おとなのほうが子どもより人生経験があり、知識があり、理解力があるとされますが、ここでは、おとなが本質を理解できないので、子どもはおとなに説明をしてやらなくてはいけないとして、一般常識を逆転させているのです。

　作者のサン゠テグジュペリは大叔母の伯爵夫人が所有する広大な城で幸せな幼年時代を過ごしました。城の「太い梁」は「時間を敵に回して、時間から自分たちを守ってくれていた」(『南方郵便機』第3部第3章)のでしたが、「6歳のころ」現実世界の時間が押し寄せてきます。やがて、彼は寄宿学校入学、受験失敗、失恋、営業職解雇といった経緯で、社会的な不適合をさらけ出します。その後、郵便飛行の飛行士となって初めて、そこに人間の本質が意味を持つ世界を発見します。『星の王子さま』の飛行士が「6歳のとき、画家になる、すばらしい将来をあきらめた」ために「別の仕事を選ばなければならなくなり、飛行機の操縦を覚えた」と、論理の飛躍を承知のうえで言っているのは、そうした事情を語っています。「空の世界」に直結する「子どもの世界」から「地上の世界」である「おとなの世界」を批判するのが、『星の王子さま』という物語の一貫した姿勢です。

　ただ、「子どもの世界」と言うときの「子ども」が、実際に存在する子どもではなく、子どもの理念型だということには留意しなければなりません。『人間不平等起源論』(1755)で思想家ジャン゠ジャック・ルソーが、人間の歴史に実際に存在したものではない、一種の人間の理想的な状態「自然状態」を想定して、そうした理念型に照らして人間の「社会状態」を批判したことは有名です。理念型はこの種の批判の常套手段なのです。

そのおとなの頭の程度に合わせてあげるようにしました。おとなの好きなトランプ遊びのブリッジだとか、ゴルフだとか、政治向きのこととか、ネクタイなんかのこととか、そんなことばかり話しました。そうすると、そのおとなは、もの分かりのいい人間と近づきになれたとご満悦でした。

（『星の王子さま』第1章）

☆ 表面的な人間関係も疎かにしない

「6歳のころ」かいた「ゾウをお腹に呑みこんだ大蛇」の絵をずっと取っておいて、少しばかり頭のよさそうな「おとな」に出会うたびに、飛行士はそれを見せました。「そのおとながほんとうに物事を分かる力があるかどうか」試験しようとしたのです。けれども、いつだって答えは同じで、「帽子だね」でした。すると、飛行士はほんとうに大切なことを話すことはせずに、その「おとな」の「頭の程度」に合わせて、当たり障りのないことばかりを話すのでした。そうすると、その「おとな」は飛行士のことを「もの分かりのいい人間」だと評価して、喜んで付き合ってくれました。

けれども、そんな表面的な付き合いが心に響くはずもなく、飛行士は「心を開いて話をする相手もなく、ずっと独りぼっちで生きてきた」のでした。そんなとき、砂漠に不時着し、王子さまに出会うのです。王子さまは飛行士がかいた「お腹の中が見えない大蛇の絵」を見て、「ゾウをお腹に呑みこんでいる」と苦もなく分かったのでした。それから、王子さまと飛行士は胸襟を開いて、ほんとうに大切なことをお互いに話すのでした。

サン＝テグジュペリは人付き合いが上手だったとは言えませんでした。サハラ砂漠の飛行場で1年半、飛行場長を務めましたが、その間、砂漠の民が、不時着した飛行士を人質に取って法外な身代金を要求したりもしてきました。そうした砂漠の民相手の交渉で、朴訥にぎこちなく誠意を尽くすことしかできない彼の性格がかえって信頼を勝ちうることも再三でした。彼は社会への不適応を克服し、その後、郵便飛行の会社で、南アメリカ空路開発営業主任を務めるまでになりました。これは彼が状況に適応する術を学んだということですが、その傍らで、彼には幸福な人間関係もありました。ジャン・メルモーズやアンリ・ギヨメといった飛行士仲間とは、郵便飛行という極限状態で苦楽をともにするうちに、かけがえのない友情を育んだのです。そうした友情があったからこそ、一方では表面的な人付き合いを破綻なくこなすことができたのでしょう。ほんとうの友情と表面的な人付き合いの両方を、それぞれしっかりと維持するというのが人生において大切なようです。

私を待ってくれている人たちの、あの夥しい目が瞼に浮
かぶ。そのたびに、私は身を焼かれる痛みを感じる。彼
方で助けを求める叫び声がする。あの人たちこそ遭難
者なのだ！

（『人間の土地』第7章「砂漠の真ん中で」）

✩ 大切な人たちの悲しみに人は耐えられない

　1935年末、35歳のときに、サン＝テグジュペリは巨額の賞金のかかったパリ・サイゴン間の長距離飛行記録更新に挑戦します。サハラ砂漠の東の端、エジプトに近いリビア砂漠にさしかかったあたりで、飛行機が不具合を起こし、砂漠のただ中に不時着します。幸い怪我はありませんでした。三日三晩、砂漠をさまよった挙げ句、4日目に、砂漠の民ベドゥインに発見されて、九死に一生を得ます。救出されたのは1936年正月ということになるのですが、これは彼が『星の王子さま』を執筆した1942年からすると、ほぼ6年前に当たります。『星の王子さま』は、「ずっと独りぼっちで生きてきた」飛行士が「6年前、サハラ砂漠に不時着し」、王子さまに出会った話とされています。自ら体験したサハラ砂漠の東端での遭難が話のもとになっているのです。王子さまとの出会いは、サン＝テグジュペリが砂漠をさまよっている間に見た幻と考えてもおかしくないでしょう。

　砂漠をあてどなくさまよいながら、サン＝テグジュペリは何度も心が挫けそうになりました。疲労が極限にまで達し、そのまま眠るように死んでゆけたら……。そんな気持ちが心をよぎったこともありました。そんなとき、彼を鼓舞した感情が表題の言葉です。遭難した彼が最後まで生きようとするのは、命が惜しいからではありません。自分が死んだら、大切な人たちがどんなに悲しむだろうか。その悲しみに耐えられないからだというのです。雪のアンデス山脈で遭難し、奇跡的に生還した飛行士仲間のアンリ・ギヨメも同じ気持ちだったと彼は思い起こします。

　サン＝テグジュペリの遭難はいち早くパリに伝えられ、ニュースを聞いた友人・知人たちが、妻のコンスエロのもとに続々と集まっていました。遭難4日目の真夜中を少し回ったころ、電話のベルがけたたましく鳴りました。救出されたばかりのサン＝テグジュペリ本人からの電話でした。コンスエロは泣きじゃくり、みんなは肩を叩き合い、抱き合って喜んだと伝えられています。

どんなに目立たないものであっても、自分の役割を自覚したとき初めて、私たちは幸福になれる。そのときだけ、私たちは心穏やかに生き、心穏やかに死ぬことができる。なぜなら、人生に意味を与えるものは、死にも意味を与えるからだ。

（『人間の土地』第8章「人間たち」）

☆ 自分の役割を自覚する幸福 ◯

『人間の土地』の「人間たち」と題する最終章に記された名言です。外科医であろうが、物理学者であろうが、羊飼いであろうが、どんな仕事であれ、自分がその仕事を通して果たしている役割が人類全体、「人間」そのものにつながっている。そのように自分の役割を自覚するときだけ人は幸福になれるし、心穏やかに生き、心穏やかに死ぬことができる。そうサン゠テグジュペリは言っているのです。彼の思想と行動の根本がここにあります。

　人類全体、「人間」そのものにつながる生き方と死に方の具体例として、彼がこの名言のあとに挙げるのは、驚くほど平凡な例です。かつて彼自身が出会ったことのある3人の農夫が母親の臨終に立ち合った話です。3人の農夫は母親からかつてその子どもとして生まれたことによって、臍の緒を断ち切られ、母親との「結び目」が一度断たれたといいます。さらに、母親の死によって、母親との団欒のテーブルが失われ、二度目の「結び目」の切断が生じたというのです。このことをサン゠テグジュペリは3人の農夫たちは母親の死によって、二度目の誕生を果たしたとし、このようにして人間の「結び目」が世代を超えてつながってゆくと説明するのです。

　職業の上下、優劣を論う必要はまったくなく、自らの仕事に取り組む姿勢そのもののみによって、人間の尊厳が問われる。飛行士という過酷で死と隣り合わせの、ある意味、英雄的な仕事に従事する者の矜持は、実に謙虚な姿勢に裏打ちされていることになるのです。

「精神」だけが、それが粘土の上に吹きかけられたとき、
「人間」を創ることができる。

（『人間の土地』第8章「人間たち」）

☆「精神」こそが「人間」を創る

『人間の土地』は飛行士としての自身の稀有な体験を語りながら、それをもとに人間について深く思いを巡らした思索の書です。その思索の書を締めくくる最後の一文がこの名言です。それだけに実に重い、地の底から響くような言葉になっています。

これが『旧約聖書』の「創世記」第2章に描かれた、人間の創造を背景とした言葉であることは明らかです。「主なる神は土から取りあげた塵を捏ねて人間を形作られた。その鼻孔に神が生命の息吹きを吹きこまれると、人間は生きた存在となった」と記述されています。

また、キプロス島の王ピグマリオンは象牙の女性像ガラテアを自ら彫刻したが、この理想の女性像に恋するあまり、美の女神アフロディテに命を与えてもらい、これを妻にしたという話が『ギリシア神話』にあります。フランス18世紀後半、有名な思想家ジャン゠ジャック・ルソーがこの話をメロドラマ（1770年初演1幕メロドラマ『ピグマリオン』）に仕立てたことから、サン゠テグジュペリの知るところとなっているとも考えられます。さらに言えば、ギリシア語プシケ（プシュケー、psykhē）は「息」「人間の魂」といった意味があることも関係しているかもしれません。

造形された「粘土」でしかない人間の肉体。それと精神が対立することは、フランス17世紀の哲学者ルネ・デカルトがその著書『方法序説』（1637）において物質と精神の二元論を声高に主張して以来、ある種、西欧においては常識化しています。

これらを踏まえて、サン゠テグジュペリは物質である人間の肉体に「精神」が宿ることなくして、人間は人間らしく生きられないとしているのです。『夜間飛行』の空路統括責任者のリヴィエールが部下の飛行士たちについて、「人間は、捏ねあげなければならない溶かしたての蠟だ。この材料に魂を与え、意志を持つようにしてやらなければならない」（『夜間飛行』第4章）と言っているのも頷けるというものです。

仲間・友人について

親友のことを忘れるなんて、悲しいことです。親友がいたなんて、誰にでもあることではありませんから。

（『星の王子さま』第4章）

☆ 親友を大切に思う 🌹

『星の王子さま』という物語の書き出しについて、「むかし、むかし、王子さまがおりました」と、「お伽噺 と同じような書き出し」にせずに、「6歳のころでした。本を読んでいて、あるとき、すばらしい絵が目につきました」とした。それは「ぼくがぼくの本を気軽に読んでもらいたくない」し、「この本に書いた思い出を語るのに、ぼくはほんとうに悲しい気持ちになっている」からだと、物語のナレーター、飛行士は述べています。王子さまがいなくなってもう6年が経ち、王子さまのことを忘れないために「王子さまのことをここに書く」と続けています。この名言はそのあとの言葉です。

『星の王子さま』の物語の書き出しは日本語訳で読んでも、普通のお伽噺の書き出しとは違うと分かりますが、フランス語原文ではもっとはっきり分かる異例の書き出しになっています。フランス語は時間経過のなかにきわめて明確に出来事を位置づけようとする言語ですので、時制がいくつもあります。お伽噺は単純過去と半過去の組み合わせによって語られるのに対して、『星の王子さま』は第2章の半ばまで（ただひとつの例外を除いて）、複合過去と半過去の組み合わせによって語られます。そのあと、砂漠で王子さまに声をかけられ、「びっくり仰天、目をまん丸にして、ぼくはそこにいるその子をじっと見つめました」から、お伽噺と同じ単純過去と半過去の組み合わせに移るのです。

単純過去は現在から切り離された（歴史的事実などの）過去の事象を語る（客観性の高い）過去形なのに対して、複合過去は、英語の現在完了と同じような作り方をする時制で、ある種、現在時制に直結する過去の事象を語る（主観的な）過去形です。第2章の半ばまで複合過去が用いられるのは、現在の飛行士の孤独に直結する過去の事象 —— 子どものころの思い出、6歳のころから孤独に生き、王子さまと出会ったことまで —— を主観的に語っているからです。「親友のことを忘れるなんて、悲しいことです」と言っているのは、王子さまが飛行士にとって唯一無二のかけがえのない「友」だからなのです。

「人間たちはお店屋さんで出来合いのものを買う。だけどねえ、友だちを売っているお店なんて、ありっこないだろ。だから、人間たちには、もう友だちができないのさ」

(『星の王子さま』第21章)

友だちは時間をかけて自分で作るもの

「絆を結ぶ」には「なじみになる」、つまり、時間をかけて少しずつ親しくなってゆくことが必要だと、キツネは王子さまに教えます。ところが、人間たちは、時間をかける余裕もないし、そのつもりもない。何でも出来合いのものを即座に手に入れなければ気が済まない。だから、人間たちは「絆を結ぶ」ことができず、したがって、「友だちができない」。こんなふうに、キツネは説明します。

　これは少し考えてみれば、歴史的に見て、産業革命以来、資本主義がもたらした消費社会の弊害を指摘しているとも受けとれます。私たちは大量生産・大量消費が当然の社会に生き、幼いころから「良き消費者」となるよう運命づけられ、教育されています。誰だって、自分に必要なものを自分で作ろうとは考えず、すでにある「出来合いのもの」のなかから選ぼうとします。自分にとって大切なはずの友だちも、「出来合いの」人間関係から、まるで製品の性能や使い勝手を見定めるようにして、選んでいるふしがあります。

　そういう選び方でほんとうに良いのかと疑問が湧いてきます。まずもって、消費者として購入する製品を選ぶ場合も、はたして自分の意志でそれを選んでいるのか、怪しいと言えば怪しいのです。ルネ・ジラールというフランスの歴史家・文芸評論家が『ロマン派的虚偽と小説的真実』（1961）という本のなかで「欲望のトライアングル」（第1章）ということを言っています。ある欲望を抱いたときに、人は自分がその対象を自分の意志で（主体的に）欲していると思いこんでいます。けれども、その欲望が実は第三の要素、他者によって「媒介」されているのだとジラールは主張します。これを消費行動に当てはめてみますと、「媒介」とはまさにmediaですが、往々にしてメディアを通じての広告、あるいは人の評判に依拠しながら、人はそれを自分の意志と錯覚して、製品を購入するという面もあるのではないでしょうか。それは、そうすることが、おそらく「良き消費者」の「良き消費行動」として大脳に刷りこまれているからなのでしょう。

「親友ができた、ってことはいいことさ。もうじき死んでしまうんだってね。ぼくは、親友のキツネがいてくれて、ほんとうによかったと思うよ……」

（『星の王子さま』第24章）

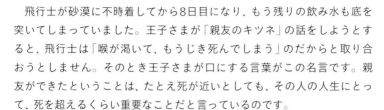

親友ができたことは一生の宝

　飛行士が砂漠に不時着してから8日目になり、もう残りの飲み水も底を突いてしまっていました。王子さまが「親友のキツネ」の話をしようとすると、飛行士は「喉が渇いて、もうじき死んでしまう」のだからと取り合おうとしません。そのとき王子さまが口にする言葉がこの名言です。親友ができたということは、たとえ死が近いとしても、その人の人生にとって、死を超えるくらい重要なことだと言っているのです。

　これを聞いて、飛行士は「生きるか死ぬかの瀬戸際なんだってことは、この子には分からないんだなあ。この子はお腹が減ったことも、喉が渇いたことも、一度だってないんだ。少しばかりお日さまが照っているだけで、この子は平気でいられるんだ」と考えます。すると、飛行士が頭のなかで考えたことに王子さまは答えます、「ぼくだって、喉が渇いているよ……。井戸を探そうよ」と。

　そして、ふたりは無謀とも言える砂漠の井戸探しを始めるのです。途中、王子さまは砂漠の美しさに見とれ、「砂漠が美しいのは、砂漠がどこかに井戸を隠し持っているからなんだ」と言います。「砂漠が美しいのは、目には見えないもののおかげだね」と飛行士が応じると、「ぼくはうれしいよ」と王子さまは答えます。「君がぼくのキツネと同じ考えだってことがね」

　ふたりが探す井戸を、持っているおかげで砂漠が美しいように、キツネとの友情があるおかげで、王子さまは「もうじき死んでしまう」にしても、それまで生きてきた時間が美しいのです。目には見えない、ほんとうに大切なものを見つけられるかどうかで、その人の人生の価値が決まる。そんなことを思わずにはいられない言葉です。

　こうして、砂漠で井戸を探すうち、王子さまと飛行士はほんとうに井戸を見つけ、その「心にもよい」水を飲むのです。

「君には夜、星空を見あげてほしいんだよ。ぼくの星は小さすぎて、どこにぼくの星があるか、君に指さしてあげられないけどね。そのほうがいいさ。ぼくの星はね、君には、たくさんある星のひとつなんだよ。そうなれば、君は満天の星という星を見あげるのが好きになる……。夜空の星がひとつ残らず君の親友になるのさ」

（『星の王子さま』第26章）

☆ ひとりの親友の存在が全宇宙を親友にする

　その日の夜で、王子さまが地球に来て1年になる。1年前、王子さまが落ちてきた場所の、ちょうど真上に王子さまの星が来る。そう王子さまに聞いて、飛行士は胸騒ぎを覚えます。王子さまがいなくなってしまうのではないか。そんな気がして、王子さまを問いつめますが、王子さまは何も答えてくれません。その代わりに、王子さまはこう言います。「大事なものというのは目には見えない。どこかの星に咲く花を君が愛したら、夜、空を見あげれば、満天の星という星に花が咲く。君がぼくに飲ませてくれた水は、滑車と綱が歌を歌って、まるで音楽のようで、おいしい水だった」と。そのあとにこの名言を王子さまは飛行士に告げます。夜空の星のひとつに親友がいると分かったら、満天の星という星がすべて親友になる。何かひとつ、目には見えない宝ものがあると分かれば、目の前にあるものすべてが宝ものに思えてくるというのです。

　王子さまは「ぼくは君に贈り物をあげようと思う」と続けます。星空の星のひとつに、王子さまが住むことになり、星空の星のひとつで王子さまが笑うことになる。そうなると、飛行士にとって、満天の星という星がまるで笑っているのと同じになり、飛行士だけが、笑うことのできる星空を自分のものにすることになる、というのです。

　そして、王子さまはまたニッコリと笑って、言い添えます。「そうなると、満天の星の代わりに、ぼくは君に、笑うことのできる小さな鈴を山ほどあげたようなものだね……」と。

　こんなことを言い置いて、王子さまは地球から姿を消してしまいます。王子さまの話を誰にもせずに、6年の月日が流れます。飛行士の悲しみは癒されたようで癒されません。飛行士は夜空を見あげ、星たちの声に耳を傾けるのが好きになります。まるで、「五億個の鈴が鳴っているような」気がするのです。そして、王子さまの星で、ヒツジがバラの花を食べてしまったか、食べてしまわなかったか考えて一喜一憂します。食べてしまわないと思えたときには、満天の星がニコニコ笑い、食べてしまったと思ったときには、夜空の鈴という鈴がひとつ残らず涙に変わるのでした……。

あるひとつの職業の偉大さは、おそらく、何よりもまず、人と人とを結びつけることにある。ほんとうの贅沢はただひとつしかない。それは、人間同士の結びつきという贅沢だ。

(『人間の土地』第2章「僚友」)

人間同士の結びつきという贅沢

『人間の土地』はサン＝テグジュペリが飛行士としての自分の体験をもと
に、人間の在り方について深く思いを巡らした思索の書です。この名言は
その「僚友」と題する第2章にある言葉です。「僚友」とは「仕事仲間」のこ
とで、ジャン・メルモーズから始めて、彼は自分の仕事仲間について語っ
ています。郵便飛行のごく初期、カサブランカ・ダカール間のサハラ砂漠
の不帰順地帯で、メルモーズはエンジンの不調から不時着し、砂漠の民に
捕らえられてしまいます。多額の身代金と引き換えに解放されますが、そ
の直後から再び同じ航路の郵便飛行に復帰します。南アメリカまで郵便飛
行の空路が延長されると、彼は果敢にもサンティアゴからブエノス・アイ
レスに至る、アンデス山脈越えの空路開発に挑みます。4千メートルの山
の窪地に一旦は不時着しますが、そこから再び決死の離陸を敢行して、何
とか目的地に達します。これに少しも怯むことなく、その後もメルモーズ
は危険な未開発の夜間飛行や南大西洋横断の時間短縮に挑戦し成功させま
すが、あるとき、南大西洋上で突然、消息を絶ち、帰らぬ人となります。

　また、この「僚友」という章では、サハラ砂漠の不帰順地帯で、砂漠の無
法者たちの襲撃を恐れながら、飛行士仲間のエミール・リゲルやアンリ・
ブルガとともに夜を明かしたことも語られます。リゲルがまず不帰順地
帯に不時着し、その救援に着陸したブルガの飛行機もいざ飛びたとうと
すると、不調になります。さらに、サン＝テグジュペリも救援に着陸しま
すが、そのころにはもう日が落ちていて、飛行機の離陸はできなくなって
いました。彼ら飛行士仲間とともに、このとき初めて膝つき合わせて長時
間思い出話に打ち興じ、肝胆相照らす仲であることを確認したというので
す。

　お互いに相手の安否を気遣って一喜一憂する郵便飛行の日々を送る仲間
たち。彼らはお互いにひとつの共通の仕事で結ばれて、かけがえのない友
情を育みます。そんな実体験を踏まえての重い名言なのです。

仕事について

バオバブは手遅れになったりすると、もう引き抜くことができなくなってしまいます。惑星じゅうに広がってしまうのです。根を張って惑星に穴をあけます。もし、惑星が小さくて、バオバブがたくさん生えすぎたりしたら、バオバブの根の力で惑星は破裂してしまいます。

(『星の王子さま』第5章)

バオバブ相手の怠惰は致命的

　飛行士が王子さまに出会って3日目のこと、王子さまの心配のひとつが分かります。王子さまの星ではバオバブの恐ろしい種が地面のそこらじゅうにひそんでいるというのです。この名言はその次に来る言葉です。

　あとになって、王子さま自身がこの危険きわまりない木にどう対処したらよいか、飛行士に告げます。バオバブの芽は小さいうちに引き抜くように、毎日がんばらなければいけない。毎日、ちゃんと日課を果たすことが肝要だと。さらに、あるとき、王子さまの勧めに従って、飛行士はバオバブの巨木が根を張ってひとつの惑星を取り囲み、完全に包みこむ絵をかきます。そして、「子どもたち！　バオバブにはくれぐれも用心してくれよ！」と言って、地球の子どもたちに注意を促そうとします。

　バオバブの木はさんざん悪者になっていますが、実際はそうではないようです。セネガルやマダガスカル島をはじめアフリカに多く生育し、高さは数十メートル、幹の太さは十数メートルを優に超えるものもあり、根は四方八方に50メートルも延びる巨木だそうです。木をくり抜いて住居として使われるだけでなく、種子も果肉も食用に供される。樹皮の繊維は頑強でロープなどの材料になり、薬用としても重宝されている。そんな有用性と特異な姿形から、現地では神聖な木ともされているといいます。

　このような巨木がほとんど神聖な木として重要な役割を演じるのが、宮崎駿監督作品『天空の城ラピュタ』（1986）のラストシーンです。ラピュタの球体の上半分は大自然に覆われた古代都市の部分、下半分は地球を攻撃する破壊兵器を備えた先端科学の部分です。ヒロインのシータがパズーとともに飛行石を握って唱える「滅びの言葉」によってラピュタの下半分は崩壊し、上半分が飛行石の力で天空に飛翔します。やがて、その上半分は、バオバブそのものといった巨木が、広大な葉陰に古代都市を擁し、根を空中に繁茂させた形を取り、ラストシーンからエンドロールに至る7分近く、画面を占めることになるのです。

「ぼくには、滑稽に思えないのはガス灯の点灯夫だけだ。たぶん、それは、この人が、自分のためじゃないことに汗水流しているからだ」

(『星の王子さま』第14章)

☆ 人のために汗水流す

　ある種、純粋な感性を子どものものであると仮に想定し、そうした現実には存在しない、一種の「理念型」に照らして、おとな社会、つまり、現実社会を批判する。『星の王子さま』でサン゠テグジュペリはそうした方法を取っています。自分の小惑星をあとにした王子さまは、いくつかの小惑星を順に訪れますが、これらの小惑星の住人を王子さまの視点で描くことで、おとな社会、つまり、現実社会の価値観を支える欲望を次々と戯画化しています。最初の星で出会う王様は権力欲、2番目の星で出会ううぬぼれ屋は虚栄と名誉欲、3番目の星で出会う酒飲みはとどまるところを知らない一種の消費欲、4番目の星で出会う実業家は所有欲（または、高度な資本主義社会の所有の形態そのもの）。こうした欲望が空回りし、醜態をさらします。これらの根底には、現実社会が助長する人間のエゴイズムが垣間見えます。雑記集『手帖』収載などの他の論考や作品でもサン゠テグジュペリが繰り返し弾劾してきたものです。これらの星を去るとき、王子さまに「おとなは変だ」という内容の言葉をしだいに表現を強くしながら、口にさせています。

　5番目の星のガス灯の点灯夫だけが例外となっていますが、それは、この人だけが「自分のためではないことに汗水流している」、つまり、現代社会の人間のエゴイズムを脱しているからです。6番目の星で出会う地理学者は、現実から遊離した学問の世界、それに、そうした学問と現実社会が持つ分業のシステムがカリカチュアの対象となっています。これらを経て、王子さまはついに地球にやって来るのですが、地球とはこれらの六つの星の住人が大量にいるところとされます。それまで原型だけが示された現実社会の欲望が地球では増幅されて、巨大な人間集団の問題になっているということです。

規則というものは、宗教における儀式に似ている。 愚か
しいように見えて、人間を人間として創りあげてくれる。

（『夜間飛行』第4章）

規則やならわしが人間を創る

　フランスから北アフリカまでだった郵便飛行航路が、大西洋を越えて、アフリカ大陸と隣り合った南アメリカ大陸まで延長されます。『夜間飛行』（1931）はその時代の話です。南のパタゴニア、西のチリ、北のパラグアイから、郵便物をブエノス・アイレスに輸送し、そこでひとまとめにして、大西洋を越えて、北アフリカ経由でフランスに運ぶのです。悪天候、特にアンデス山脈の雪を相手に時として熾烈《しれつ》をきわめるなか、この輸送は一刻を争う確実な郵便物のリレーなくしては実現できないものでした。これを指揮するのは、空路統括責任者のリヴィエールであり、その直属の部下、業務監督のロビノーです。「奴はそれほど頭がいいわけではない。だから、大いに役立つ」とリヴィエールはロビノーを評価していました。リヴィエールにとっては人間というものが分かったうえでの規則でしたが、ロビノーはただ規則というものがあると分かっているだけです。部下の飛行士たちが規則を遵守し、困難な郵便飛行をやり遂げることによって、彼らが人間として創りあげられる。これがリヴィエールの確信でした。
「規則というものは、宗教における儀式に似ている」というのは、おそらく、サン＝テグジュペリ自身の幼少期の体験から来ている言葉でしょう。それというのも、4歳のときに父が急逝し、母親と弟・姉妹とともに大叔母の伯爵夫人に引きとられますが、この伯爵夫人が敬虔《けいけん》なカトリックで、そのため、毎晩、城の礼拝堂に家族と召使いたち全員が集合して晩禱《ばんとう》を唱えるのが規則でしたから。
「みんながふだんは思ってもみない」ことだが、「ならわしというものが、どうしてもなくっちゃならないんだ」と、『星の王子さま』でキツネが王子さまに rite（ならわし・習慣・儀式）の大切さを教えるのも、こうした幼少期の思い出の反映と言えるでしょう。

「決まりは変わってなんかいないから、大変なのさ!　惑星が年々どんどん速く自転するようになってきた。それなのに、決まりは変わっていないんだ!」

（『星の王子さま』第14章）

☆ 状況の変化の認識が必要

　王子さまは自分の惑星を去ったあと、ほかの惑星を訪ねて回るのですが、5番目の惑星はガス灯がひとつあって、ガス灯の点灯夫がひとりいるだけの星でした。夕方、ガス灯の火をつけ、夜じゅう点火したままにして、朝、火を消し、夕方にまたつける。それがガス灯の点灯夫の仕事であり、そうするのが規則でした。ガス灯というのは、パリの街では19世紀の中ごろから普及し、20世紀の前半には電灯に取って代わられる街灯です。3メートルくらいの高さのガス灯の内部にはガス管が通っているのですが、その栓を開けて、炎を近づけて点火する必要がありました。その仕事をするのがガス灯の点灯夫でした。

　長い間、点灯夫の惑星の自転は緩やかで、「朝、火を消したら、あとは一日中、休めた。夕方、火をつけたら、あとは夜じゅう、眠れた」と点灯夫は言います。ところが、「惑星が年々どんどん速く自転するようになってきたのに、決まりが変わっていない」。そして、「もう今では、惑星は1分で1回転してしまう」ので、点灯夫は1分に一度、火をともすそばから火を消さなければならなくなり、1秒も休めないことになってしまったというのです。

　フランスでは19世紀前半のことになりますが、産業革命が起こり、それによって、人間の社会生活における時間の認識が根本的に変わってしまったとされています。もともと、ヨーロッパには二つの時間の認識があったと社会学等では言われています。作物の種を蒔いて生育を待ち収穫するといった、いわば円環が繰り返される、農耕民族に特有のヘレニズムの（ギリシア的な）「円環の時間」認識。それと、家畜が生まれて成長し死ぬという、後戻りのない、牧畜民族に特有のヘブライズムの（ユダヤ教を母胎とするキリスト教がもたらした）「直線の時間」認識。これら二つです。産業革命を境に、それ以前の「円環の時間」認識から、進歩の時間としての「直線の時間」認識に大きく変化しました。その間で、社会のありようが変わらないとしたら、ガス灯の点灯夫のような苦境に陥ってしまうというわけです。

仕事が強いるさまざまな必要性は世界を変え、世界を
豊かにする。

(『人間の土地』第1章「航空路」)

✍ 仕事が世界を拓く 🌏

『人間の土地』はサン゠テグジュペリが飛行士としての稀有な体験を通して、大地について、自然について、そして、人間について洞察した思索の書です。この名言は「航空路」と題するその第1章に次のような説明とともに収められています。飛行機の窓から見える風景は、単なる乗客にとっては、単調で、つまらないものであろう。それに対して、飛行機の安全な航行を仕事とする、飛行士以下のクルーにとっては、外の風景は時々刻々と変化しつつ、解決すべき問題を次々と投げかける自然現象であり、地形である。例えば、山岳地帯で、尖峰は明るい月夜には、格好の目印となる。ところが、闇夜において、予定の航路から横に流される偏流から何とか立ち直ろうとするときには、尖峰はいつ何時、衝突するかもしれない爆発物と化す。尖峰があるために、目の前の闇夜全体が脅威そのものとなる。まるで、海中に機雷がひとつ投下され、それが波間を漂っているだけで、海全体が危険きわまりない水面と化すように。任された航路の一区間を航行中の飛行士は、「大地と大空の様々な色合い、海上の風の吹く様子、朝夕の薄明の金色に輝く雲」にうっとり見とれるのではなく、そうしたものから航行に必要な情報を得ようと必死になるものだというのです。

「大地は私たち人間に、万巻の書よりも多くのことを私たち人間について教えてくれる。それは、大地が私たちに抵抗するからだ。抵抗する障害と競い合うとき、人間は自分自身を発見する。だが、大地と渡り合うのに、人間には道具が必要だ。人間には地均し機や犂が必要だ。農民は畑を耕すうちに、少しずつ幾ばくかの秘密を大地から引き出す。そして、農民が明らかにする真実は普遍的なものだ。同じように、航空路の道具である飛行機は、古代からのあらゆる問題に人間が参画するようにさせてくれる」。『人間の土地』の序文の冒頭でサン゠テグジュペリは以上のように書いています。これがこの本の主題であり、飛行士としての彼の実体験に基づく確信です。サン゠テグジュペリは飛行士であることによって、世界を拓くということなのです。

部下の者たちを愛しなさい。だが、それを口に出さずに
愛しなさい。

(『夜間飛行』第6章)

☆ 気づかれずに部下を思いやること

『夜間飛行』で描かれるのは、郵便飛行が航路を南アメリカにまで延長した時代です。悪天候をついて、北、南、西から郵便物をブエノス・アイレスに空輸し、そこでひとまとめにして、大西洋を越えて、北アフリカ、そして、フランスにまでも空輸するのです。飛行機の整備にいささかの不備があっても、搭乗する飛行士が悪天候のなかいささかの判断ミスをしても、致命的な事態を招きかねず、そうなったら、郵便飛行は立ちゆかなくなってしまいます。そうした死と隣り合わせの郵便飛行を不撓不屈の精神と冷酷無比の「鉄の規律」をもって遂行させるのが、空路統括責任者のリヴィエールであり、その直属の部下、業務監督のロビノーでした。ところが、赴任して間もないロビノーは、気の弱いところもあって、部下の整備士や飛行士に強い態度で臨むことができません。それどころか、飛行士のひとりと心を通わせようとして、食事に誘ったり、打ち明け話をしようとしたりします。そんなロビノーを見かねて、リヴィエールが教え諭します。それが、表題の名言です。

　リヴィエールといえども、時として、気が滅入ることがあります。そんなとき、自分自身が部下に接する態度についてこう考えるのです。「愛されようと思ったら、同情しさえすればよい。私は同情することがほとんどない。仮に同情しても、同情していることを隠すのだ。友情とか人間のやさしさに囲まれていたいのはやまやまなのだが」(『夜間飛行』第11章)と。

　このリヴィエールという登場人物には、実在のモデルがあります。26歳のサン゠テグジュペリは民間航空輸送のライセンスを取得したあと、郵便飛行会社ラテコエール社の飛行士の採用試験を受けたのですが、その空路開発営業主任ディディエ・ドーラです。ドーラが曲がりなりにも彼を受けいれてくれたお陰で、サン゠テグジュペリは晴れて郵便飛行の飛行士になれたのでした。サン゠テグジュペリ・ファンを自任する宮崎駿さんはそのアニメ映画作品『天空の城ラピュタ』(1986)で「空賊」の女首領を「ドーラ婆さん」と名付けていますが、これはディディエ・ドーラの一種のパロディかもしれません。

社会について

その同じ天文学者はとてもスマートな燕尾服（えんびふく）を着て、1920年にもう一度同じ発表をしました。そうしたら、今度は「そうだ、そのとおりだ」とみんなが口々に賛成しました。

（『星の王子さま』第4章）

☆ 人間の存在と社会的な現れは乖離（かいり）する

　ずいぶんと時間が経ってから、やっと、王子さまが「地球以外の星」から来たこと、その星は一軒の家と同じくらいの大きさだということが分かります。そして、王子さまの星はどうやら小惑星B612だと飛行士は推測するのですが、それは1909年に一度だけ、トルコ人の天文学者が望遠鏡で観測したことのある星だったとされます。その天文学者は自分の発見について、大々的に国際天文学会で発表をしました。けれども、着ていた衣装が衣装だっただけに、誰も天文学者の言うことを信じませんでした。そうこうしているうちに、「洋服を着なければ死刑にするぞ」と、トルコの独裁者が国民にヨーロッパ風の服装を無理強いしました。そこで、その同じ天文学者が今度はスマートな燕尾服（えんびふく）を着て、もう一度同じ発表をしたのですが、そうしたら、今度はみんなが口々に賛成したというのが、この名言です。その人の言っている内容ではなく、その人の見かけで人はその人の言っている内容までも判断してしまうということです。

　誰しも嫌というほど普段から経験していることで、名言などと改まって言われるまでもないかもしれません。ですが、文学の世界では、19世紀前半のロマン主義文学以来、結構ややこしいテーマなのです。ロマン主義文学では自我の目覚めが強調されますが、自我が目覚め、自己というものが強く認識されるようになると、自己の本質的な存在（être）が、他者に向かっての自己の社会的な現れ（paraître）と大きく隔たっていると感じるようになります。つまり、人が思っている自分というのは、ほんとうの自分ではない、ほんとうの自分はまったく別なのだ、みんなが知っている自分は偽りの自分だという感覚です。これを承知のうえで、社会的な自分を演じることを学び、社会に適合して、社会的栄達までも遂げようとするのが、その次の世代のリアリズム小説に登場する青年たちです。ロマン主義的人間とリアリズム的人間のあいだで、現代の私たちもいまだに揺れ動くことがあるようです。

おとなたちは数字が好きですから。── おとなたちには、こんなふうに言ってあげなければいけません。「十万フランもするおうちを見たよ」ってね。そうすれば、おとなたちは「ああ、なんてすてきな家だこと!」って大声をあげるでしょうよ。

(『星の王子さま』第4章)

☆ 人間社会での金銭的価値を批判する

　王子さまの星はどうやら小惑星B612のようだというふうに、小惑星の番号まで飛行士が明かすのは、おとなたちが数字が好きだからだと彼は説明します。子どもが新しい友だちのことをおとなたちに話すときも、おとなたちは、その子のしゃべる声とか、好きな遊びとか、チョウチョウの標本を集めているかとか、大切なことは決して聞かない。おとなたちが聞くのは、「その子の歳はいくつなの？　兄弟は何人いるの？　体重は何キロなの？　お父さんの給料はいくらなの？」などという数字だけ。その子の住んでいる家についても、「バラ色のレンガ造りのすてきなおうち。窓にはゼラニウムがいっぱい咲いていて、屋根には白い鳩がいっぱい止まっていてね」と説明しても、おとなたちの頭には家のイメージがまるで湧かない。その代わり、表題の名言にあるように、家の金銭的価値を言ってやると、おとなたちは納得するだけでなく、感心して大声をあげる、というわけです。

　王子さまについても、王子さまの笑顔が素敵なこと、王子さまがヒツジをほしがったことを挙げて、王子さまの実在を主張しても、「まだまだ子どもだね」と子どもたちをたしなめるに決まっている。それに対して、子どもがおとなたちに「王子さまの生まれ故郷の惑星は、小惑星B612だよ」と言えば、おとなたちは膝を叩いて納得し、子どもを質問攻めにすることはない。「それがおとなたちなんです。だからといって、腹を立ててはいけませんよ。子どもたちはおとなたちのことは、なるべく大目に見てあげなければいけないのです。けれども、もちろん、人間が生きるうえで何が大切か分かっている子どもたちには、番号なんかどうだっていいのです」

　ここにも、おとなと子どもの価値の逆転が描かれています。おとなではなく、子どものほうにこそ物事の本質を理解する力があるというわけです。子どもを一種の仮想の価値基準として、おとな社会、すなわち、現実社会で通用する価値基準を批判しているのです。

地球は、どこにでもあるような惑星ではありませんでした。なにしろ、111人もの王様たち（むろん、黒人の王様たちも数に入れての話ですが）、7000人もの地理学者たち、90万人もの実業家たち、750万人もの酔っぱらいたち、3億1100万人ものうぬぼれ屋たち、ということは、およそ20億人ものおとなが地球にはいるということなのです。

（『星の王子さま』第16章）

☆ 人間のすべての欲望が揃う地球の社会

　自分の小惑星をあとにした王子さまは、いくつかの小惑星を順に訪れますが、これらの小惑星の住人が王子さまの視点で描かれることで、おとな社会、つまり、現実社会の価値観を支える欲望が次々と戯画化されています。王子さまは最後に地球にやって来るのですが、地球にこそ、これまで王子さまが訪ねた、それぞれの小惑星にひとりずつしか住んでいなかった王様、地理学者、実業家、酔っぱらい、うぬぼれ屋が、とんでもない数住んでいる（むろん、飛行士が王子さまに砂漠で出会ったのが一応1935年ごろと想定されるので、20億人というのは当時の世界の人口の概数にかなり近い数字です）。ということは、地球はこれらの典型的な欲望を持ったおとなたちが、ひしめき合って暮らしている星だと、この名言は言っているのです。それだけに、人間の欲望同士がぶつかり合い、せめぎ合って、人と人、集団と集団、都市と都市、農村と農村、地域と地域、国と国で、争いが絶えないというわけです。それぞれの小惑星を離れるときに、王子さまは「おとなたちってなんだか変だな」と、わざわざおとなに定冠詞を付けるとともに複数形で表現して（つまりは、おとなるものすべてを一般化して）、感想を漏らします。

　王子さまが唯一「その人と親友になって、いっしょに住んでもいいなあ」と思えたのが、ガス灯の点灯夫でしたが、それはガス灯の点灯夫だけが「自分のためじゃないことに汗水流している」からなのでした。「電気が発明される以前には、地球上の六つの大陸全体で、46万2511人ものガス灯の点灯夫」がガス灯を灯したり、消したり、「なんとも壮麗な印象を与える働きぶり」をしていました。けれども、王子さまが地球に来たころには、ガス灯が電気に取って代わられていて、ガス灯の点灯夫の仕事も過去のものとなっていました。

「権威というものは、まずもって道理に適っていなければならない」

（『星の王子さま』第10章）

権力と権威の正当性とは?

　王子さまが最初に訪ねた小惑星は王様の住む星でした。王様は、自分の小惑星全体はおろか、ほかの惑星という惑星、ほかの恒星という恒星、要するに、宇宙全体を支配していると主張します。このような絶大な権力を有する王様が常日頃から自ら肝に銘じている鉄則があるというのですが、それが表題の名言「権威というものは、まずもって道理に適っていなければならない」ということでした。

　王様は次のように権力の行使について説明します。もしも、自分がある将軍に向かって、チョウチョウのように花から花へ飛び回りなさいとか、悲劇を書きなさいとか、海鳥に姿を変えなさいとか命令したとする。その命令に将軍が従わなかった場合、悪いのはそんな命令をした自分のほうである。また、国民に向かって、海に飛びこめ、などと命令しようものなら、革命が起こるに決まっている。命令に従うよう要求できるのは、その命令が道理に適っている限りにおいてなのである、と。

　みんなが無理なく実行できること、道理に適っていることだけを命令すること。それは命令をしなくても、みんなが実行することであって、結局のところ、権力の行使にはならないわけです。権力のある種、自己否定こそが、究極の権力だということであり、このような権力のパラドックスは権力を志向し、権力を効果的に行使したり、維持したりするのには避けて通れない問題であるということです。現実の郵便飛行の遂行における空路開発営業主任ディディエ・ドーラ、そして、彼をモデルにした『夜間飛行』の空路統括責任者リヴィエールが絶対的な権力をかざして、飛行士、整備士をはじめ郵便飛行に携わるすべての人間たちに鉄の規則を強いて、かつ、彼ら全員がそれを遵守したのは、その鉄の規則が「道理に適っていた」からです。行政、国家レベルの権力の行使も、このように道理に適うことが第一の条件である。そのことはサン゠テグジュペリ自身がスペイン内乱、ナチス・ドイツなど現地に取材したルポルタージュで得た基本的な教訓だったと言えましょう。

「習慣、ならわし、法律といった、君が必要性を感じないすべてのもの、君が逃れてきたすべてのもの、それこそが人生に枠組みを与えるのだ。生きるためには、人間のまわりには長続きする現実が必要なのだ」

（『南方郵便機』第2部第6章）

✩ 人間は長続きする周囲の現実を必要とする

　小説『南方郵便機』は、郵便飛行の飛行士ジャック・ベルニスと幼なじみの女性ジュヌヴィエーヴを巡って展開します。故郷を離れ、十年以上の時を経てパリでふたりは再会するのですが、そのときには、すでにジュヌヴィエーヴは人妻であり、幼い子どもがあります。そうしたふたりを砂漠の飛行場から、ベルニスとの手紙のやり取りを通して見守るのが、この小説のナレーターです。ナレーター自身もふたりと同郷であり、ふたりの幼なじみでした。ベルニスとパリで再会したころには、ジュヌヴィエーヴは夫との間に隙間風が吹き、それもあって、ベルニスに惹かれてゆきます。そんなある日、風邪をこじらせて、幼い子どもが寝込みます。看護婦に促され、看病疲れから少しのあいだ、ジュヌヴィエーヴが気分転換に外出している間に、子どもの病状が悪化し、そのあと、あっけなく死んでしまいます。この外出を夫から非難されて、ジュヌヴィエーヴは意気消沈し、傷心のあまりベルニスを訪ねて、すがります。幼いころ心を寄せていたことが蘇り、ベルニスは彼女を受けいれます。

　子どもの死をきっかけに、それまで積みあげてきたすべてのもの、「彼女のすべての過去が崩れ去る」のをジュヌヴィエーヴは感じることになります。このようなことをベルニスは、砂漠の飛行場にいるナレーターに手紙で書き送ってきていて、それに対してナレーターが諭（さと）すようにベルニスに手紙に書くのが、「生きるためには、人間のまわりには長続きする現実が必要なのだ」という表題の名言です。さらにナレーターはこう続けます。「こうした現実が不条理だとか、不当だとか言ってみたところで、そんなことはどれも言葉だけのことだ。もし、君がジュヌヴィエーヴをそうした現実から引き離してしまったら、ジュヌヴィエーヴはジュヌヴィエーヴでなくなってしまう」と。

　人は大地から、それまで人を培（つちか）い、人がそれとともに生きてきたすべての過去から引き離されては生きていけない。これはサン＝テグジュペリの基本的な考えのひとつなのです。

歴史・人類・自然について

このおとなは今フランスに住んでいて、お腹をぺこぺこにすかし、寒さにぶるぶる震えています。そんな人はどうしても慰めてあげなくてはいけないのです。

（『星の王子さま』献辞「レオン・ヴェルトに」）

☆ 窮地の友に心の支援を 🐚

『星の王子さま』という作品全体のまえがきとして、「レオン・ヴェルト
に」と題する献辞が掲げられています。子どもの本なのに、この本をひと
りのおとなに捧げているわけですが、その理由を著者のサン＝テグジュペ
リは三つ挙げます。第一の理由が、そのおとなが「この世でいちばんの親
友だから」ということ。第二の理由が「このおとながどんなことでも分か
る人だから、子どもの本でもちゃんと分かってしまうから」ということ。
そして、第三の理由が表題に掲げた、このおとながフランスで困窮の極み
にあるので、慰めてあげなくてはならないからということです。

　レオン・ヴェルトは「平和主義者、反軍国主義者」のユダヤ人ジャーナ
リストで、サン＝テグジュペリが1935年末に砂漠で遭難したときも、そ
の救出のニュースに欣喜雀躍した親友中の親友のひとりです。1940年6
月、独仏休戦協定によって、フランス国土の5分の3がナチス・ドイツに
占領されることとなりました。ナチス・ドイツの非占領地区、フランス中
央部ジュラ地方の寒村に、秘密警察の追及を逃れて、ヴェルトは妻ととも
に隠れ住みました。この年の秋、渡米すべきか否か迷っていたサン＝テグ
ジュペリがヴェルトを訪ねると、言下に彼は渡米を勧めました。ナチス・
ドイツに対する戦いが、国を超えた人類普遍の戦いであることを、アメリ
カ国民に是非とも納得させてほしいと懇願するのでした。

『星の王子さま』出版も近い1943年初頭、サン＝テグジュペリは『ある人
質への手紙』という文章を執筆しています。「ある人質」とは直接的には
ヴェルトのことでしたが、それを超えて、ナチス・ドイツに蹂躙された
祖国フランスと「四千万人の人質」(同文章)全フランス人でした。前年に
出版された『戦う操縦士』がフランスでも出版されたことから、『星の王子
さま』もフランスで出版される可能性がありました。ヴェルトを代表とし
て、当時、窮乏と自由の圧殺に苦しんでいたフランス人全体に『星の王子
さま』は捧げられている。「レオン・ヴェルトに」という献辞には、そうし
た作者の意図がこめられていると考えられます。

おとなたちは、自分たち人間がもっとずっと広い面積を占めていると勝手に想像しています。まるでバオバブみたいに、自分たちが地上で幅を利かせていると思いこんでいるのです。

（『星の王子さま』第17章）

☆ 地球の支配者という人間の傲慢

　自分の小惑星を出て、六つの小惑星を訪ねたあと、王子さまは地球に
やって来ます。おとな社会、つまり、現実社会の価値観を支える欲望が
次々と戯画化された王様、地理学者、実業家、酔っぱらい、うぬぼれ屋が、
地球には、とんでもない数住んで、ひしめき合っています。王子さまが唯
一「自分のためじゃないことに汗水流している」と思えたガス灯の点灯夫
は、ガス灯が電気に取って代わられた時代には、もう仕事がなくなってい
ました。小惑星の住人たちが代表する典型的な欲望にもっぱら突き動か
されたおとなたちは、地球全体からしても、なんだか自分たちが主役のよ
うな傲慢な考えを持っています。「実を言えば、地球上で人間が占めてい
る面積はとても狭いのです。地球の20億の人口（この物語の時代、世界の総
人口はほぼ20億人でした）が、もし仮に、集会で集まったときのように、少し
詰めて立ったままでいたら、縦横30キロメートルくらいの広さの広場に
難なく収まってしまうことでしょう。大西洋のいちばん小さい島に、地球
の全人口を積みあげることだってできるくらいです」。こんなふうに、子
どもたちがおとなたちに言ったところで、おとなたちが信じることはあり
ません。そう表題の名言は言っています。さらに、「数字が大好き」なお
となたちには、子どもたちは「計算をしてみてください」と勧めるのがよ
いと物語のナレーターの飛行士は教えます。

　このように20世紀半ばの時点ですでに書いているサン゠テグジュペリ
は、ある程度、先見の明を発揮していると言えなくもありません。21世紀
の今日、地球温暖化による気象異変、海面の上昇、プラスチック塵（ごみ）による
海洋汚染等々、地球環境の危機的状況を「まるでバオバブみたいに、自分
たちが地上で幅を利かせていると思いこんでいる」おとなたちが、その欲
望の追求の果てに、招来しているのは明らかです。「数字が大好き」なお
となたちなのだから、せめて、「計算をしてみてください」と、つまり、科
学的知見を積みあげ、尊重するようにと勧めるくらいはするべきでしょ
う。なんといっても、おとなたちの次の世代である、子どもたちの将来の
生存がかかっているのですから。

フェネック（砂漠のキツネ）がまるで危険が分かってでもいるかのように、すべてが行われていた。後先かまわずカタツムリを腹いっぱい食べてしまったら、すぐにカタツムリはいなくなってしまう。カタツムリがいなくなってしまえば、フェネックも生きてはいけなくなるのだ。

（『人間の土地』第7章「砂漠の真ん中で」）

☆ 節度は将来の自分たちの生存のため

　王子さまが地球に来て、絆を結ぶのはキツネですが、そのキツネはフランス語原文ではrenardとなっています。これはヨーロッパにも生息するキツネを表す一般的な言葉です。けれども、サン＝テグジュペリ自身の手になる挿絵では、耳の極端に長い砂漠のキツネrenard des sables、別の言い方ではフェネックfennecが描かれています。砂漠の飛行場に1年半、たったひとりで勤務したときも、砂漠のキツネ、フェネックをペットにし、その素描を妹宛の手紙に描いたりもしていました。このときの記憶があるので、王子さまが絆を結ぶキツネは、挿絵では、やはりフェネックとして描かれなければならなかったと考えられます。1935年末、パリ・サイゴン間の飛行記録更新のためにリビア砂漠上空を飛行中、機体が不具合を起こし、砂漠のただ中に不時着します。このときの経験をもとに、砂漠に不時着した飛行士が、不思議な王子さまに出会う『星の王子さま』という物語ができあがったのでした。

『人間の土地』では、このリビア砂漠での遭難の様子が具に語られています。遭難から2日目の明け方、実際にフェネックの巣穴を見つけ、その足跡を追いかけます。そして、フェネックの食事の様子を知ることになるのです。砂漠にも所々に低木は生えていますし、その低木の幹には小さなカタツムリがびっしり付いていたりもします。カタツムリがいっぱいに付いていても、フェネックがその低木を避けて通ることもありますし、一株の低木からカタツムリを数匹食べるだけで、低木を変えることもあります。「もしフェネックが一株の低木だけから、満腹になるほどのカタツムリを食べていたら、二度三度食事をするうちに、その低木からカタツムリはすっかりいなくなってしまうことでしょう。そんなことを低木から低木へと続けていたら、カタツムリの養殖は壊滅してしまいます。カタツムリの繁殖を妨げないように、フェネックは細心の注意を払っているのです」。このような説明のあとに続くのが表題の名言です。これを21世紀の人類に当てはめれば、おのずと現在の飽食の行き着く先が見えてくるというものです。

こんなにたくさん星があっても、そのなかでたったひとつ、この地球しかないのだ、夜明けの食事にこんなに香り高い一杯のカフェ・オ・レを用意し、私たちに供してくれるのは。

（『人間の土地』第1章「航空路」）

☆ 地球だけが日々の生活を護る星

　『人間の土地』の「航空路」と題する第1章で、サン゠テグジュペリは自身の郵便飛行の体験を語っています。ダカールからカサブランカを目指してサハラ砂漠を夜間飛行中のことでした。途中、給油のためにシズネロス飛行場に立ち寄らなければならなかったのですが、そのシズネロス飛行場の灯りがどうしても見つかりません。漆黒の闇の彼方に光が見えるたびに、虚しく機首を向けることを繰り返します。「ただひとつの本当の惑星、わが惑星 ── 慣れ親しんだ幾多の風景、馴染みの家々、わが愛する人たちが待つ惑星 ── を求めて、手の届かない百もの惑星のただ中、宇宙空間をさまよっているように私たちには感じられた」と彼は述べます。そんな宇宙の闇を旅する感覚で、彼と同乗の無線技師は唯一無二の自分たちの惑星、地球を求め、そこに到達しえたときの無上の幸福を夢想します。それが表題の名言です。「前夜の苦労を笑いながら」朝食のテーブルに着いた彼らに、かけがえのない地球は「熱いクロワッサンと香り高いカフェ・オ・レを供してくれる」のです。

　宇宙の暗闇に太陽系、そして地球が誕生して約46億年、地球上に生命が誕生して約38億年、霊長類が出現して約6500万年、現生人類ホモ・サピエンス・サピエンス（最近では、正確を期して、このような言い方をするそうです）が登場して約20万年、人類が世界各地に移動し始めて約6万年、人類が各地で文明を築き始めて約5千年……。気の遠くなるような時間を経て、私たちは地球に根を張り、それぞれの大地で日々の生活を営んできたのです。そうしたほんの些細な日常がどれほどかけがえのないものか、身に沁みて分かる。それも飛行機という「道具」のお陰なのです。『人間の土地』の序文の冒頭でサン゠テグジュペリは言っています。「大地は私たち人間に、万巻の書よりも多くのことを私たち人間について教えてくれる」のだが、「大地から秘密を引き出す」ためには、「人間には道具が必要」であり、「航空路の道具である飛行機は、古代からのあらゆる問題に人間が参画するようにさせてくれる」と。

科学技術の急激な進歩に恐れをなす人々は、目的と手段を混同しているように思われる。

（『人間の土地』第3章「飛行機」）

☆ 科学技術の急激な進歩を恐れない

　サン゠テグジュペリは作家であると同時に、郵便飛行の飛行士であり、第二次大戦中は空軍で偵察飛行のパイロットをしていました。ですから、飛行機とは人間にとってどういうものか、もっと広く、機械文明が人間に何をもたらすか、こうしたことに深い考察を重ねた人です。その作品『人間の土地』の「飛行機」と題する第3章に表題の名言はあります。名言のあと、科学技術の粋としての「機械はそれ自体が目的ではない。飛行機はそれ自体が目的ではない。道具なのだ。犂と同じように道具なのだ」と続きます。「道具」とは「手段」のことなのですが、ここで突然、「犂と同じように道具なのだ」と「犂」が出てきます。そう言われてみると、すぐに私たちは『人間の土地』の序文の冒頭を思い起こします。つまり、「大地は私たち人間に、万巻の書よりも多くのことを私たち人間について教えてくれる。（中略）大地と渡り合うのに、人間には道具が必要だ。人間には地均し機や犂が必要だ。農民は畑を耕すうちに、少しずつ幾ばくかの秘密を大地から引き出す。そして、農民が明らかにする真実は普遍的なものだ。同じように、航空路の道具である飛行機は、古代からのあらゆる問題に人間が参画するようにさせてくれる」と。飛行機、ひいては科学技術はよりよく人間を知り、よりよく人間であるための手段だということです。

　名言のさらにあと、視野を広げて、「人間の歴史の20万年に比べたら、機械の歴史の百年など、いかばかりのものだろうか」と文明論に移行します。「人間の歴史の20万年」というのは、現在知られている現生人類（学名ホモ・サピエンス・サピエンス）の登場以来の年数とまさに一致するのですが、この「人間の歴史の20万年」を試しに1年に置きかえてみましょう。すると、科学技術が発達した20世紀の百年は、大晦日の最後の4時間ほどにしか相当しません。機械文明がさらに昂じて、今やデジタルの時代、人工知能の時代に突入しています。こうした新しい技術を手段として、私たちはよりよく人間を知り、よりよく人間であろうと努めなければならない。そういうことを言っているように思えます。

平和は、育成するのに時間のかかる樹木だ。いま当てられる光以上の光を当てる必要がある。

（『城砦』第17章）

☆ 平和を育むには今以上の光が必要だ

　遺作『城砦（じょうさい）』に収められた名言です。『城砦』は1937年ごろから1944年の死の直前まで、時間を見つけてはサン゠テグジュペリが書き継ぎ、「遺作」になるだろうと自身で繰り返し公言した、未整理の未定稿の堆積です。既存のどのような文学ジャンルにも属さない、強いて言えば、多くの批評家が指摘するように「聖書的な」作品です。砂漠の民、古代ベルベル族の「王」が、暗殺された父親の先王の言葉を反芻（はんすう）しながら、自身の国家、民、人間と世界のありようについて延々と語り続ける壮大なモノローグとなっています。「王」としての彼にとって、平和は主要な関心事のひとつでした。平和という樹木を育てるためには、いま当てられる以上の光を当てる必要があるというように、「王」として、いかに自分が平和を実現するか、「王」は腐心します。また、それに先だって、何が平和を実現する要件かを述べています。

「平和を建設するとは、ヒツジの群れが一匹残らず眠るのに充分な大きさの家畜小屋を建設することである。平和を建設するとは、人間たち皆が自分たちの持ち物を何ひとつ放棄することなく集うのに充分な広さの宮殿を建設することである。宮殿に収容するために自分たちの持ち物を減らすなどということは論外である。平和を建設するとは、人間たちの欲求のすべてを満たすのに充分な広がりの羊飼いの外套（がいとう）を神に貸し与えてもらうようにすることである」

　つまりは、人間にはいろいろな性格、いろいろな生業（なりわい）、いろいろな境遇があるけれども、そうした人間すべての欲求を満たすことができるような生活圏を確保することが「王」としての自分の役割、現代風に言えば為政者の役割だというのです。しかし、それは困難な事業で、「いま当てられる光以上の光を当てて」、平和という樹木を育てる必要があるというわけです。『城砦』の別のページでは、「平和というものは、誕生した子どもたち、収穫を終えた穀物、整頓を終えた家からしか生まれない。成し遂げられた物事が収まる永遠性から生まれるものなのだ」（第2章）と表現しています。

なぜ憎みあうのか？　地球という同じ惑星に乗りあわせた、同じ船の乗組員なのだから、私たちは連帯責任を負う者たちだ。

(『人間の土地』第8章「人間たち」)

地球という同じ惑星の 乗組員は連帯責任を負う

　『星の王子さま』のイメージからすると、サン＝テグジュペリは人間に対する限りないやさしさを背景に、人間の本質に迫ろうとした作家で、生々しい現実社会には興味がなかった。そのように受けとられるかもしれません。ところが、実際には、彼は同時代の政治や国際情勢にきわめて強い関心を寄せていました。『人間の土地』が執筆されたころのヨーロッパ情勢は、ファシズムの台頭によって風雲急を告げる様相を呈していました。世界恐慌がもたらした経済危機と社会不安に乗じて一挙に政権の座に駆けのぼった反民主主義勢力。イタリアでは1920年代後半にムッソリーニのファシスト党が、ドイツでは1933年にヒットラー率いるナチスが一党独裁を確立します。イタリアは1935年にエチオピアを侵略し、翌年にはこれを併合します。全体主義の波はフランスにも押しよせ、フランス国内でもファシスト勢力の隆盛の前に、共和政が重大な危機にさらされました。迫りくるファシズムと戦争の脅威。これをくい止めるべく、共産党と社会党が手を結び、1936年、社会党党首レオン・ブルムを首相とする人民戦線内閣が成立します。こうした動きのなかで、当時の知識人の大半が社会運動に参加します。

　左翼と右翼の激しい対立、政治の混迷、階級間の反目。フランスとヨーロッパが陥った空前の危機を前に、スペイン内乱やナチス・ドイツをも現地で取材し、サン＝テグジュペリは政治・社会問題に新聞紙上で積極的に発言しました。そんなことから、『人間の土地』の「人間たち」と題する最終章は、当時のファシズムの台頭を睨んだ、鋭い文明批評になっています。ただ、その場合、彼が飛行士としての天空の視点を保ち続け、個々の事象を常に人類の問題として俯瞰していたことには注意しなければなりません。表題の名言は、「宇宙的な尺度で人間を考える」（『人間の土地』第4章「飛行機と地球」）とき、同じ地球の乗組員である人間すべては、運命共同体の一員として「共同責任を負う」ということなのです。「新たな高い次元での統合を促すべく、諸文明が対立し合うのならいざ知らず、諸文明が共食いをし合うのはおぞましい限りだ」というのが名言に続く言葉です。

自分の世代が巻きこまれたごたごたを何ひとつ拒むわけにはいかない。

(『人生に意味を』「X将軍への手紙」、『戦時の記録』「1943年6月」収載)

☆ 同時代の世界に人は責任を負う ◗

『星の王子さま』が出版されて間もない1943年4月中旬、『星の王子さま』を置きみやげに、サン=テグジュペリはアメリカをあとにします。前年11月の米英連合軍上陸を受けて、北アフリカでは、連合軍の一員として戦闘に参加すべく、フランス軍も着々と準備を進めていたのです。戦時中に彼が所属していたフランス空軍・偵察部隊はアメリカ空軍の指揮下に入り、その最新鋭機ロッキードP-38型ライトニングを使って偵察飛行を再開していました。この最新鋭機を操縦するには30歳までが限度だと言われていましたが、サン=テグジュペリはすでに43歳でした。軍の上層部にまでも働きかけ、無理に無理を重ねて、6月初旬、やっと偵察部隊に復帰します。すでにフランスでも有名人になっていたサン=テグジュペリは旧知のフランス軍ルネ・シャンブ将軍に手紙を書いています。この手紙は投函されませんでしたが、死後、1948年になって、『文芸フィガロ』紙に「人間たちに何を言うべきか？——X将軍への手紙」と題して掲載されます。その一節に、表題の名言があります。「この仕事ではまるで長老とでも言える年齢で、スピードや高度に身を任せるのは、若い頃の満足感をもう一度味わえたらと願うからというよりも、自分の世代が巻きこまれたごたごたを何ひとつ拒むわけにはいかないからなのです」と。

　同時代の世界とその出来事に責任を負うという（現代の私たちからすると、あまりにも）強い責任感から彼は老体にむち打って、偵察飛行を繰り返します。見るに見かねた仲間の将校が、地中海方面フランス空軍の最高機密をサン=テグジュペリに漏らすことにします。最高機密を知った者は軍の規定で出撃からはずされることになっていました。撃墜されて、敵の捕虜にでもなったとき、機密が敵に漏れる恐れがあったからです。この最高機密は1944年7月31日、サン=テグジュペリがその日の偵察飛行から帰ったところで伝えられることになっていたといいます。「もし撃墜されても、私はほんとうに少しも悔やんだりはしないでしょう」という一文を含む、友人宛の手紙を残して出撃し、彼は文字どおり帰らぬ人となるのです。

もの見方について

人 は 未 知 な る も の の み を 恐 れ る 。

（『夜間飛行』第11章）

☆ 未知なるもの 🪐

　鉄道など他の輸送機関と張り合うためには、是非とも郵便飛行は危険な夜間飛行を敢行しないわけにはいきませんでした。有視界飛行しかありえなかった当時は、夜は闇に視界を奪われ、夜の飛行は恐怖以外の何ものでもなかったのです。『夜間飛行』の主人公、郵便飛行空路統括責任者のリヴィエールは、無事に夜間飛行を完遂するために、飛行士たちに非情なまでに厳しく臨んでいました。

　そんななかで、天気予報がよかったにもかかわらず、途中で引き返してきてしまった飛行士をリヴィエールは呼びつけます。その飛行士は実際に自分が悪天候に見舞われて、どんなに怖かったかをしきりと訴えます。

　自分の部下のうちでもいちばん勇敢だと評価する飛行士ではありました。しかし、「よく無事に引き返してきた」などと褒めたり、同情したりすれば、この飛行士は自分がとんでもない未知の世界から生還したかのように思いこむだろう。そうしたら、夜は彼にとって、いつまで経っても恐ろしい未知の世界のままになってしまう。「人は未知なるもののみを恐れる」のだから、夜が、生還するのが当たり前の、未知でも何でもない世界に思えるようにしてやらなければならない。それが夜間飛行を敢行するために必須の心の持ちようだ。こんなふうにリヴィエールは考えるのです。

　現実世界で、未知を未知のままにせず既知にする努力が必要なのは当然ですが、未知を未知と思わない、少し開き直った心の持ちようも大切だということなのでしょう。

真理とは世界を単純化するものであって、混沌を創りだすものではない。

（『人間の土地』第8章「人間たち」）

☆ 真理とは世界を単純化するもの

　1930年代、『人間の土地』が執筆されたころのヨーロッパは、ファシズムの台頭によって、国際情勢と各国の政治が混迷をきわめていました。政治家だけでなく、多くの知識人がそれぞれ自ら信奉するイデオロギーを振りかざして、激しく対立し合っていました。「人間たちを右翼と左翼、ファシストと民主主義者に区別することができるし、そうした区別はそれ自体、どうにも反駁のしようがない」と認めるにしても、サン＝テグジュペリはそうしたイデオロギーの対立を人一倍虚しく感じていました。「真理とは世界を単純化するものであって、混沌を創りだすものではない」という表題の名言をかざして、彼は反駁します。

「真理とは普遍的なものを導き出すものである。ニュートンは隠されていた法則を、語呂合わせのパズルを解くように、『発見』したのではまったくなかった。ニュートンは創造的な行為を成した。野原へのリンゴの落下と野原に太陽が昇ることを同時に表しうる人間の言語を打ちたてたのだ。真理、それは証明されるものではなく、単純化するものなのだ」と。

「人は真理を発見するのではない。人は真理を創造するのだ。真理とは、人が明晰さをもって表現するところのものだ（それはそうなのだが、あなたの明晰さは思考の厳密さから生まれる）」と『手帖』（第163節）では、彼はさらに踏みこんで言っています。

　世界を単純化するのが真理であることを、人間の新たな言語の創造としてとらえるのは、サン＝テグジュペリが、人間が世界をどうとらえ、どう世界と向き合うか、つまり、言語によって世界をどう創造してゆくかが人間の普遍的な責務であるという人間中心主義を、その思想の根本としているからです。表題の名言のもう少し前のところで、「人間にとって真理とは、人間をして人間ならしむるところのものである」と言っているのはそうした意味です。

星空を見あげてごらんなさい。「ヒツジは花を食べちゃったかな、食べていないかな?」と考えてごらんなさい。すっかり世界が違ってしまうことが分かるでしょう……。

(『星の王子さま』第27章)

ただひとつのことで世界は一変する

　飛行士が王子さまと砂漠で出会い、王子さまが飛行士の前から姿を消して、6年が経ちました。飛行士は、夜、星たちの声に耳を傾けるのが好きになっていました。それは、「まるで五億個の鈴が鳴っているようでした……」。飛行士には心配事がありました。王子さまに頼まれて、ヒツジの絵をかき、口輪もかいてあげたのですが、その口輪に革ひもをかくのを忘れてしまったのです。そのことが気になって、飛行士は気が気ではありません。

「王子さまは毎晩、自分の花にガラスの覆いを被せる。それに、ヒツジもちゃんと見張っているさ……」。そう思うと、飛行士はうれしくなり、満天の星もニコニコ笑うのでした。また、飛行士はこう考えたりもします。「ある晩、王子さまがガラスの覆いを被せるのを忘れたり、ヒツジが夜なかに音も立てずに自分の箱から抜けだしたりして……」。そう思ったとたん、夜空の鈴という鈴がひとつ残らず涙に変わるのでした。こんなふうに、ヒツジが花を食べてしまったか、食べていないかが、「王子さまが好きな君たちにしても、ぼくにしても、天と地ほどの違い」なのだと、飛行士は子どもたちに言います。そして「こうしたことがこんなにも大切だなんて、おとなにはどうしても分かりっこないのです！」と付け加えます。

『星の王子さま』という作品は、「子どもの論理」を、現実には存在しない、ある種、理想化された論理（「理念型」）として、それを基準に、現実社会を支配する「おとなの論理」を作者が批判する。そして、この物語全体が、「子どもの論理」という理想化された論理を受けいれ、「おとなの論理」を排するトレーニングという面を持つものでした。そのトレーニングを続けてきた挙げ句、この最終章まで読んできて、「おとなにはどうしても分かりっこないのです！」と指摘され、「おとなの論理」を脱却できない読者は、もう一度『星の王子さま』を読むことでトレーニングをやり直すよう促されるのです。そして、もしかすると、このトレーニングはいつまで経っても終わらないのかもしれません。

これはぼくにはこの世でいちばん美しく、いちばん悲し
い風景です。王子さまが地上に姿を現したのもここです
し、地上から姿を消したのもここです。この風景をじっ
とよく見てください、君たちがいつかアフリカへ行って砂
漠を旅したとき、こんな風景に出会ったら、ああここだな
と必ず分かるように。

（『星の王子さま』最終ページのメッセージ）

心で見れば王子さまはここにいる

　表題の名言は、『星の王子さま』の最終ページにある、子どもの読者に宛てたメッセージの冒頭部分です。ページの見開きの反対側には、砂漠の稜線と空にひとつだけ浮かぶ星の挿絵が配置されています。これは、王子さまが「音もなく、一本の木が倒れるように、すうっと倒れた」場面の挿絵から、王子さまの姿だけを消した同じ風景の挿絵です。子どもの読者へのメッセージは本全体の最後のテキストであり、文字どおり『星の王子さま』の締めくくりの言葉ですが、この言葉と、本の見開きでこれと対になっている風景の挿絵は結局、何を意味するのでしょうか。こう考えたとき、すぐに、あのキツネが王子さまに言った言葉を読者は思い浮かべるはずです。「心で見なければ、よく見えてこない。大切なものは目には見えない」と。そして、自然にこんなふうに考えることでしょう。目で見てもこの風景のなかに見えない王子さまは、心で見れば、この風景のなかに確かにいることが見える。砂漠の風景に描かれていないからこそ、王子さまは永遠の実在であり、「真実」である、と。

　さらに、ここで、サン゠テグジュペリの遺書『城砦（じょうさい）』の構想に大きな影響を与えたとされるニーチェの『ツァラトゥストラはかく語りき』（1883-85）を想起することも可能です。「およそ起こりうるすべてのことは、すでに一度起こり、行われ」（氷上英廣訳『ツァラトゥストラはこう言った』下巻第3部、岩波文庫、1970）、「よろこびはすべての事物の永遠を欲してやまぬ」（同下巻第4部）という「永劫回帰（えいごうかいき）」をです。これになぞらえて言えば、砂漠の稜線に星の浮かんだ風景に、王子さまはいつか戻ってくる、そして、永遠に戻り続け、この物語を繰り返し続けるということにもなるのかもしれません。

　と、ここまで考えてきても、さらに疑問が残ります。この挿絵の真ん中が空白であり、サン゠テグジュペリが「説明」を拒否している以上、このような解釈がいかに穿（うが）って見えても、ひとつの仮説にすぎず、これによって他のすべての解釈を排除し、否定することはできません。謎というよりも、ほとんど「無」と言ったほうがよい、なんとも静謐（せいひつ）な物語の終わり方ではありませんか。

あとがき

　思えば、サン゠テグジュペリとは長い付き合いです。『星の王子さま』
(1943) の日本語訳が刊行されたのが1953年で、このころ生まれた人たち
には小学校高学年のころから『星の王子さま』を読み始め、その後も折に
触れて読み続けている人たちがいます。これがいわゆる「『星の王子さま』
世代」なのですが、私もその一員です。フランス文学に興味を持って、フ
ランス語を勉強し始めてからは、サン゠テグジュペリのほかの作品もフラ
ンス語で少しずつ読むようになりました。「はじめに」にも書きましたが、
『星の王子さま』に限らず、サン゠テグジュペリの作品からは、限りないや
さしさと表裏一体の、ある種の弱さとしか言いようのない、温かい気持ち
が、ひしひしと伝わってくるのを感じ続けています。

　サン゠テグジュペリ好きが昂じて、(専攻のヴィクトル・ユゴー研究とと
もに) サン゠テグジュペリ研究にのめり込み (フランスでは「サンテックス」
Saint-Exという愛称で彼を呼びますので、「サンテックスおたく」でしょうか)、いろ
いろと彼について考え、本を書いてきました。その生涯と作品を関連づけ
て論じた『サン゠テグジュペリ』(清水書院、1992年刊、2015年新装版刊)、彼
の作品を日本人がどう読んできたかを探った『サドから『星の王子さま』
へ ── フランス小説と日本人』(丸善ライブラリー、丸善、1993年刊、2019年電
子出版)、『星の王子さま』という作品の創作と作者の数奇な運命とを論じ
た『「星の王子さま」物語』(平凡社新書、平凡社、2011年刊)、『星の王子さま』
の邦訳を通して、翻訳という営為の理論と実践を詳説した『翻訳技法実践
論 ──『星の王子さま』をどう訳したか』(平凡社、2016年刊)、それに、サン
゠テグジュペリ・ファンとして知られるアニメ映画監督の宮崎駿さんが
『紅の豚』(1992) でサン゠テグジュペリとその同時代の飛行士たちにどの
ようにオマージュを捧げたかを論じた拙文「サン゠テグジュペリから読み
解く『紅の豚』」(文春ジブリ文庫『ジブリの教科書7「紅の豚」』文藝春秋、2014年
刊収載) 等々……。

　2006年には、私自身の手で『星の王子さま』を翻訳・刊行し、望外のご
好評をいただいて、2020年時点で第11刷まで版を重ね、多くの読者に親

しんでいただいています。

　ネット上で「サン゠テグジュペリの名言」ということで、多くの言葉が流布している現状もあり、サン゠テグジュペリの言葉から、生きるうえでの何らかのヒントを得ている、または、得ようとしている人たちもおられるように見受けられます。サン゠テグジュペリがどんなときに、どんな文章のなかで、どんな思いで、その言葉を発したか。こうしたことを踏まえて、読者の一人ひとりにその言葉をご理解いただく、あるいは、その言葉から何かを汲みとっていただく。サン゠テグジュペリが読者の一人ひとりに語りかける。そうした下地を説明させていただこうということを考えました。

　フランス語を勉強された方、フランス文化とかフランス文学に親しんだ方は、フランス語でものを書くフランス人の逃れられない書き方の性向というものを感じとっておられることでしょう。一廉のフランス人ならば、「明晰ならざるもの、フランス語にあらず」（アントワーヌ・ド・リヴァロール『フランス語の普遍性について』1784年刊）という一文を必ず口にします。意味の通ったことだけを書く、決して意味不明なことは書かない。こうした明晰さ尊重の教育を子どものころから嫌というほど受けてきた彼らは幸か不幸か、意味不明なことは書けないのです。

　これは、サン゠テグジュペリについても同じです。例えば、『星の王子さま』の執筆ですが、当時、最先端の「ディクタフォン」という音声レコーダーを使い、完璧を期しました。夜型の彼は夜中に原稿を「ディクタフォン」に吹きこみ、昼間、彼が寝ているあいだに、秘書がタイプライターで清書する。それをまた、夜中に彼が書き直す。こうしたことを何十回も繰り返して書きました。彼は、徹底した推敲を、どんな作品についてもしなければ気が済まなかったのです。ですから、彼の作品は百パーセント意味が明確であり、その名言にも、一箇所も意味不明な箇所はないと言えるほどです。サン゠テグジュペリが言葉にこめた意味をフランス語原典に当たって掘り起こすこと。微力ながら、これに最大限、腐心したつもり

です。そのために必要不可欠なテキストとして、もっとも校閲が行き届いたとされる最新のプレイヤッド版『サン＝テグジュペリ全集』(*Œuvres Complètes*, édition publiée sous la direction de Michel Autrand et de Michel Quesnel, 2 vol., Bibliothèque de la Pléiade, Gallimard, 1994, 1999.) を名言の翻訳と解説に際して用いました。なお、特に名言は、独立した文章として過不足なく成り立つように留意して訳しました。

　多くの読者に向けた本書を刊行するうえで、平凡社編集部の湯原公浩氏、そして、野﨑真鳥氏に多大なご尽力をいただきました。加えて、編集についても行き届いたご配慮をいただきました。ここに記して、深甚なる謝意を表するしだいです。

　2020年10月8日
　高槻市今城塚古墳近くの寓居内「滴翠庵」にて　　　　　　　稲垣直樹

西暦	年齢	年譜	参考事項
1900		6月29日、ジャン・ド・サン゠テグジュベリ伯爵とマリー・ド・フォンコロンブの長男（第3子）としてリヨンに生まれる。	パリに地下鉄が開通。
1903	3		ライト兄弟、世界で初めて動力機つき飛行機による飛行に成功。 コンラッド『台風』
1904	4	父親ジャン、41歳で病死。家族とともに、母方の大叔母トリコー伯爵夫人に引きとられる。リヨン郊外の、夫人の広大な所有地サン゠モーリス・ド・レマンと母方の祖父の所有地、南仏のラ・モールで幼年時代を過ごす。	
1907	7		ベルクソン『創造的進化』
1909	9	父親ゆかりの町、ル・マンに家族と転居。この町の名門校、聖十字聖母学院に入学。成績振るわず。	ルイ・ブレリオー（フランス）自作の飛行機で英仏海峡横断に成功。
1912	12	サン゠モーリスに帰省中、近くの飛行場で、初めて飛行機に乗せてもらう。	
1913	13		プルースト『失われた時を求めて』刊行（〜27）
1914	14	看護婦の資格を得ていた母親が、リヨン郊外アンベリューにある野戦病院の看護婦長に任命される。 10月、弟フランソワとともに、リヨン郊外のモングレ聖母学院に転校。	第一次世界大戦、勃発。
1915	15	11月、弟とともに中立国スイスのフリブールにある聖ヨハネ寄宿学校に転校。	
1916	16		アインシュタイン、一般相対性理論を発表。
1917	17	バカロレア（大学入学資格試験）合格。 7月、弟フランソワ、15歳で病死。 10月、海軍兵学校受験準備のため、パリに出る。ボシュエ中高等学校に寄宿し、受験校サン゠ルイ中高等学校に通い、受験勉強に励む。	
1918	18		第一次世界大戦、終結。

1919	19		ラテコエール社、ツールーズ・ラバト間の郵便飛行を開始。
1920	20	年齢制限のため受験資格を失い、海軍兵学校入学をあきらめる。	国際連盟、成立。
1921	21	4月、2年間の兵役につく。希望により、空軍の第2航空連隊に配属。駐屯地のストラスブールで、まず民間飛行士のライセンスを取得。	
1922	22	空軍飛行士の資格試験に合格。少尉に昇格。11月、パリに近いル・ブールジェに駐屯中の第34航空連隊に配属。パリで受験生時代の友人と旧交を温める。	T・S・エリオット『荒地』
1923	23	ルイーズ・ド・ヴィルモランと恋愛、婚約。ヴィルモラン家の意向で航空連隊を除隊し、瓦・タイル製造販売会社に就職。ルイーズとの関係、破綻。	
1924	24	トラック販売会社に転職。業績最悪。	
1925	25		ラテコエール社、ダカール・カサブランカ間で郵便飛行を開始。
1926	26	トラック販売会社を退社。4月、文芸誌『銀の船』に小説『ジャック・ベルニスの脱出』の抜粋を「飛行機乗り」と題して発表。7月、民間航空輸送のライセンス取得。10月、ラテコエール航空会社に飛行士として就職するべく、空路開発営業主任ディディエ・ドーラに面会。	
1927	27	数ヶ月の見習い期間ののち、アンリ・ギヨメやジャン・メルモーズとともにツールーズ・カサブランカ間、ダカール・カサブランカ間の郵便飛行に従事。10月、ダカール・カサブランカ路線の中継基地キャップ゠ジュビーの所長に任命され、これより1年半砂漠の生活を体験する。その間に、『南方郵便機』を執筆。	ブイユー゠ラフォン、ラテコエール社を買収。社名変更。チャールズ・リンドバーグ、ニューヨーク・パリ間無着陸飛行に成功。V・ウルフ『灯台へ』
1928	28		イタリアでファシスト党、一党独裁体制を確立。
1929	29	3月、フランスに帰国。6月ごろ、『南方郵便機』出版。10月、アルゼンチン航空郵便会社の空路開発営業主任としてブエノス・アイレスへ赴任。	世界恐慌、発生。
1930	30	6月、吹雪のアンデス山脈で消息を絶ったアンリ・ギヨメを捜索。ギヨメ、奇跡的に生還。	ジャン・メルモーズら郵便機による大西洋横断飛行に成功。アルゼンチンでクーデター勃発。

1931	31	2月ごろ、フランスに帰国。 4月、中米出身の女性コンスエロ・スンシン・デ・サンドバルと結婚。 会社の首脳と対立したドーラが解雇され、ドーラに味方したために、一介の飛行士に格下げとなる。 10月ごろ、『夜間飛行』出版。 12月、『夜間飛行』により、フェミナ賞受賞。作家としての地位を確立。	社長のブイュー＝ラフォンと航空省との対立が激化し、アエロポスタル総合会社、倒産の危機に瀕す。 満州事変、勃発。
1933	33	サン＝ラファエル湾でテスト飛行中、水上飛行機が水没し、溺死しそうになる。	ヒトラー内閣成立。ナチス、一党独裁体制を確立。 ドイツ、国際連盟を脱退。 日本、国際連盟を脱退。
1934	34	会社を吸収合併したエール・フランス社に採用されるが、首脳部との関係が悪かったために、飛行士にはなれず、宣伝部所属。 安月給を補うためもあって、新聞の特派員を引き受けたり、映画の脚本を書いたりする。	
1935	35	12月29日、巨額の賞金のかかった、パリ・サイゴン間の長距離飛行記録更新に挑戦。リビア砂漠で遭難。	ドイツ、再軍備を宣言。 イタリア、エチオピアを侵略。
1936	36	1月、奇跡的に生還。当てにした賞金が入らず、困窮。新聞のルポルタージュを引き受け、スペイン内乱を取材。政治社会問題、国際情勢に強い関心を示す。	イタリア、エチオピアを併合。 フランスで、人民戦線内閣成立。
1937	37	『城砦』の原稿を書き始める。 8月、飛行機でドイツ視察。	イタリア、国際連盟を脱退。
1938	38	2月、ニューヨークから南アメリカ最南端のフエゴ島までの長距離飛行に挑戦。 中米グアテマラの飛行場で離陸に失敗。重傷を負う。 療養中、それまでに書いたルポルタージュやエッセーを推敲、『人間の土地』としてまとめる。	ドイツ、オーストリアを併合。 フランスで、人民戦線内閣崩壊。 ミュンヘン協定
1939	39	2月、『人間の土地』出版。 3月、自動車で、ドイツ視察。『人間の土地』により、アカデミー・フランセーズ小説大賞受賞。 6月、『人間の土地』の英語版が『風と砂と星々』と題してアメリカで刊行され、ベストセラーとなる。 7月末ごろ、出版社の招きで渡米し、熱烈な歓迎を受ける。 ヨーロッパ情勢の悪化を憂慮し、急遽、帰国。 9月、空軍予備大尉として召集を受ける。飛行士としての高齢、事故の後遺症を押して偵察部隊配属を希望。 12月、第33－2偵察飛行中隊に入隊。 以後、8ヶ月間、部隊と行動をともにし、合計7回偵察飛行に出撃。	ドイツ、チェコを併合。 独ソ不可侵条約 ドイツ、ポーランドに侵攻。英仏、ドイツに宣戦。第二次世界大戦、勃発。

1940	40	5月、アラス上空へ偵察飛行に出撃。 6月、部隊とともに、北アフリカのアルジェに移動。 8月、アルジェで動員解除となり、帰国後は南仏にある妹の館で『城砦』の執筆にいそしむ。 12月、渡米。	イタリア、英仏に宣戦。独軍、仏北部に侵攻。パリ陥落。 ペタン政権、ヴィシーへ移転。 日独伊三国同盟 アンリ・ギヨメ撃墜される。
1941	41	1月、親独のヴィシー政府から「国民議会」の一員に選ばれたことを知り、拒否の声明文を発表。 6月ごろから、『戦う操縦士』の執筆に専念。	6月、ドイツ、ソ連と開戦。 12月、日本軍、真珠湾を攻撃。 米英、日本に宣戦。独伊、アメリカに宣戦。
1942	42	2月、ニューヨークで、『戦う操縦士』の英語版と仏語版が同時に出版され、数ヶ月間、ベストセラーランキングの1位を独占。	11月、連合軍北アフリカ上陸。
1943	43	3月ごろ、『星の王子さま』の英語版と仏語版が同時に出版される。 5月、アメリカからアルジェにおもむき、戦線復帰の運動を展開。 6月、第33-2偵察飛行中隊に復帰。 8月、ブレーキの操作ミスで着陸に失敗。機体に損傷を与える。地上勤務に配置替えとなり、アルジェに送り返される。 『城砦』の執筆を再開する。原隊復帰の運動を展開。	ドゴール、アルジェを活動の拠点とする。 9月、イタリア降伏。
1944	44	5月、出撃5回までを条件に、第33-2偵察飛行中隊に復帰。5回を超えても出撃し、九死に一生を得ること再三。 7月31日、アヌシー、シャンベリー、グルノーブル方面への偵察飛行に飛びたったまま、行方不明。ドイツ軍戦闘機により撃墜されたものと推定される。	6月、連合軍、ノルマンディー上陸。 8月、パリ解放。
1948		『城砦』死後出版。	
2004		3月、地中海マルセイユ近くのカランク沖で、サン゠テグジュペリの搭乗機 Lightning P-38 の一部発見。エンジンカバーとおぼしき破片（「幅約50センチ、長さ1メートル数十センチのアルミ合金の残骸」）に刻印された墜落機の機体製造番号2734Lがサン゠テグジュペリの搭乗機と一致。海流で流された可能性あり。	

主要参考文献

・サン゠テグジュペリの作品

Le Petit Prince, avec dessins par l'auteur, Harcourt, Grace and Company・New York（copyright by Reynal & Hitchcock）, 1943.

The Little Prince, written and drawn by Antoine de Saint-Exupéry, translated from the French by Katherine Woods, Reynal & Hitchcock・New York（copyright by Reynal & Hitchcock）, 1943.

Le Petit Prince, avec des aquarelles de l'auteur, Gallimard（copyright text and illustration by Librairie Gallimard）, 1946.

Œuvres, préface de Roger Caillois, Gallimard（Bibliothèque de la Pléiade）, 1959.

Œuvres Complètes, 7 vol., Édition du Club de l'Honnête Homme, 1976-77.

Œuvres Complètes, édition publiée sous la direction de Michel Autrand et de Michel Quesnel, 2 vol., Gallimard（Bibliothèque de la Pléiade）, 1994, 1999.

Écrits de la guerre 1939-1944, avec la *Lettre à un otage* et des témoignages et documents, préface de Raymond Aron, Gallimard, 1982.

Dessins : Aquarelles, pastels, plumes et crayons, avant-propos de Hayao Miyazaki, Gallimard, 2006.

稲垣直樹訳『星の王子さま』（平凡社ライブラリー）、初版第11刷、2020（初版第1刷・2006）.

・伝記・研究書など

Albérès（R.-M.）, *Saint-Exupéry,* Albin Michel, 1961.

Borgal（Clément）, *Saint-Exupéry, mystique sans la foi,* Éditions du Centurion, 1964.

Bottequin（A.）, *Antoine de Saint-Exupéry,* A. de Boeck, 1949.

Carbonel（Marie-Hélène）, Francioli-Martinez（Martine）, *Consuelo de Saint-Exupéry : une mariée vêtue de noir,* Rocher, 2010.

Cate（Curtis）, *Antoine de Saint-Exupéry,* New York, Putnam's, 1970.

——, *Antoine de Saint-Exupéry, laboureur du ciel* ; traduit de l'anglais par Pierre Rocheron et Marcel Schneider, Grasset, 1973.

Chevrier（Pierre）, *Saint-Exupéry,* Gallimard（Collection : Pour une bibliothèque idéale）, 1971（1ère éd.:1958）.

DeRamus（Barnett）, *From Juby to Arras : engagement in Saint-Exupéry,* University Press of America, 1990.

Deschodt（Eric）, *Saint-Exupéry : biographie,* J.-C. Lattès, 1980.

Devaux（André-A.）, *Saint-Exupéry,* Desclée de Brouwer, 1965.

Estang（Luc）, *Saint-Exupéry,* Seuil, 1989（1ère éd.:1956）.

Guéro（Jean-Pierre）, *La Mémoire du Petit Prince, Antoine de Saint-Exupéry, Le Journal d'une vie,* Éditions Jacob-Duvernet, 2009.

Ibert（Jean-Claude）, *Saint-Exupéry,* Éditions universitaires, 1953.

Losic（Serge）, *L'Idéal humain de Saint-Exupéry,* A.-G. Nizet, 1965.

Migeo（Marcel）, *Saint-Exupéry,* Club des Éditeurs（Collection : Hommes et Faits de l'Histoire）, 1958.

Monin（Yves）, *L'Ésotérisme du Petit Prince de Saint-Exupéry,* A.-G. Nizet, 1976.

Rivière（Louis-Yves）, « Le Petit Prince et ses différentes adaptations », *Cahiers Saint-Exupéry 2,* Gallimard 1981.

Perrier（Jean-Claude）, *Les Mystères de Saint-Exupéry : enquête littéraire,* Stock, 2009.

Roy（Jules）, *Saint-Exupéry,* La Manufacture, 1990.

Quesnel（Michel）, *Saint-Exupéry ou la vérité de la poésie,* Plon, 1965.

Vircondelet（Alain）, *Antoine de Saint-Exupéry,* Julliard, 1994.

——, *Antoine et Consuelo de Saint-Exupéry, un amour de légende*, Les Arènes, 2005.

——, *C'étaient Antoine et Consuelo de Saint-Exupéry*, Fayard, 2009.

——, *Sur les pas de Saint-Exupéry*, Ed. de l'Œuvre, 2010.

Saint-Exupéry (Consuelo de), *Mémoires de la rose*, Plon, 2000. 香川由利子訳『バラの回想——夫サン゠テグジュペリとの14年』文藝春秋、2000.

Saint-Ex, écrivain et pilote(*Icare* revue des pilotes de ligne, No 30 bis), 1964.

Série Icare : *Saint-Exupéry*(*Icare* revue de l'aviation française), 1974-1981, 6 vol ; *Icare*, No. 30, été 1964.

Simon (Pierre-Henri), *L'Homme en procès, Malraux - Sartre - Camus - Saint-Exupéry*, Éditions de la Baconnière, 1950.

Vallières (Nathalie des), *Les Plus beaux manuscrits de Saint-Exupéry*, Éditions de La Martinière, 2003.

Webster (Paul), *Consuelo de Saint-Exupéry, la Rose du Petit Prince*, Éditions du Félin, 2000.

Zeller (Renée), *La Vie secrète d'Antoine de Saint-Exupéry ou la parabole du Petit Prince*, Éditions Alsatia, 1948.

R・M・アルベレス、中村三郎訳『サン゠テグジュペリ』水声社、1998.

稲垣直樹『サン゠テグジュペリ』清水書院、1992、新装版2015.

——『サドから『星の王子さま』へ——フランス小説と日本人』丸善ライブラリー、丸善、1993、電子出版2019.

——『「星の王子さま」物語』平凡社新書、平凡社、2011.

——『翻訳技法実践論——『星の王子さま』をどう訳したか』平凡社、2016.

——「無限孤独のコスモロジー——『星の王子さま』を軸として」、『ユリイカ——サン゠テグジュペリ誕生100年記念特集』2000年7月号、青土社、2000、pp. 96-107.

——「『星の王子さま』に触れる難しさ——無限螺旋のワンダーランド」、『星の王子さまとサン゠テグジュペリ——空と人を愛した作家のすべて』河出書房新社、2013、pp. 46-53.

——「サン゠テグジュペリから読み解く『紅の豚』」、『ジブリの教科書7『紅の豚』』文春ジブリ文庫、文藝春秋、2014、pp. 193-203.

岩波書店編集部編『「星の王子さま」賛歌』岩波ブックレット、岩波書店、1990.

ポール・ウェブスター、長島良三訳『星の王子さまを探して』角川文庫、角川書店、1996.

リュック・エスタン、山崎庸一郎訳『サン゠テグジュペリの世界——星と砂漠のはざまに』岩波書店、1990.

片木智年『星の王子さま☆学』慶應義塾大学出版会、2005.

カーティス・ケイト、山崎庸一郎・渋沢彰訳『空を耕すひと——サン゠テグジュペリの生涯』番町書房、1974.

小島俊明『おとなのための星の王子さま』ちくま学芸文庫、筑摩書房、2002.

ステイシー・シフ、檜垣嗣子訳『サン゠テグジュペリの生涯』新潮社、1997.

塚崎幹夫『星の王子さまの世界——読み方くらべへの招待』中公新書、中央公論社、1983.

ルネ・ドランジュ、山口三夫訳『サン゠テグジュペリの生涯』みすず書房、1963.

畑山博『サン゠テグジュペリの宇宙——「星の王子さま」とともに消えた詩人』PHP新書、PHP研究所、1997.

ジョン゠フィリップスほか、山崎庸一郎訳『永遠の星の王子さま』みすず書房、1994.

M-L・フォン・フランツ、松代洋一・椎名恵子訳『永遠の少年——「星の王子さま」の深層』紀伊國屋書店、1982.

三野博司『『星の王子さま』の謎』論創社、2005.

山崎庸一郎『星の王子さまの秘密』弥生書房、1984.

——『サン゠テグジュペリの生涯』新潮選書、新潮社、1971.

・その他

Comte (Auguste), *Cours de philosophie positive*, t. 1, Bachelier, Libraire pour les mathématiques, 1830

（Reproduction en fac-similé : Bruxelles, Culture and civilisation, 1969）.

——, *Discours sur l'esprit positif*（1ère éd.: 1844）, « Édition classique », Société positiviste internationale, 1914（Reproduction de cette « Édition classique » en fac-similé : J. Vrin, 1974）.

Descartes（René）, *Discours de la méthode*（1ère éd.: 1637）, Createspace Independent Pub., 2016.

Girard（René）, *Mensonge romantique et vérité romanesque*, Grasset, 1961.

La Bible（*l'Ancien et le Nouveau Testaments*）, Bibli'O – Société biblique française et Éditions du Cerf, 2015.

Rivarol（Antoine de）, *Discours sur l'universalité de la langue française*（1ère éd.: 1784）, Kessinger Publishing, 2010.

Robert（Marthe）, *Roman des origines et origines du roman*, Grasset, 1972.

Robert（Paul）, *Dictionnaire alphabétique et analogique de la langue française,* édition entièrement revue et enrichie par Alain Rey, Le Robert, 1988-1989.

Rousseau（Jean-Jacques）, *Discours sur l'origine et les fondements de l'inégalité parmi les hommes*（1ère éd.: 1755）, Flammarion, 2012.

Warnant（Léon）, *Dictionnaire de la Prononciation française*, tome II, *Noms Propres*, Éditions J. Duculot, S. A. Gembloux, 1966.

内藤濯『星の王子パリ日記』（内藤初穂編）、グラフ社、1984.

フリードリヒ・ウィルヘルム・ニーチェ『ツァラトゥストラはこう言った』（氷上英廣訳）全2巻、岩波文庫、1967、1970.

日本フランス語フランス文学会編『フランス文学辞典』白水社、1974.

福井憲彦編『フランス史』、「新版　世界各国史12」、山川出版社、2001.

真木悠介『時間の比較社会学』岩波書店、1981.

三島由紀夫『海と夕焼』（1955年1月文芸誌『群像』）、『三島由紀夫短篇全集5』講談社、1971、pp. 119-127.

宮崎駿、監督・脚本・原作『天空の城ラピュタ』スタジオジブリ、1986.

——、監督・脚本・原作『紅の豚』スタジオジブリ、1992.

宮崎駿・加藤登紀子『時には昔の話を』徳間書店、1992.

著者略歴

稲垣直樹（いながきなおき）

愛知県生まれ。東京大学大学院修了。パリ大学にて文学博士号取得。日本翻訳家協会より日本翻訳文化賞受賞。京都大学名誉教授。著書に『「星の王子さま」物語』（平凡社新書）、『翻訳技法実践論──『星の王子さま』をどう訳したか』（平凡社）、『サン゠テグジュペリ』（清水書院）、『サドから『星の王子さま』へ──フランス小説と日本人』（丸善ライブラリー）、『フランス〈心霊科学〉考──宗教と科学のフロンティア』（人文書院）、『ヴィクトル・ユゴーと降霊術』（水声社）、『「レ・ミゼラブル」を読みなおす』（白水社）、共編著書にFortunes de Victor Hugo（Paris, Maisonneuve et Larose）、訳書にサン゠テグジュペリ『星の王子さま』（平凡社ライブラリー）、ユゴー『エルナニ』（岩波文庫）、『ユゴー詩集』（共訳）、ユゴー『見聞録』『言行録』（以上、潮出版社）などがある。

「星の王子さま」に聞く 生きるヒント
サン゠テグジュペリ名言集

2020年12月2日　初版第1刷発行

著　者　　稲垣直樹
挿　絵　　アントワーヌ・ド・サン゠テグジュペリ
発行者　　下中美都
発行所　　株式会社平凡社
　　　　　〒101-0051
　　　　　東京都千代田区神田神保町3-29
　　　　　電話　03-3230-6579（編集）
　　　　　　　　03-3230-6573（営業）
　　　　　振替　00180-0-29639

印　刷　　株式会社東京印書館
製　本　　大口製本印刷株式会社
デザイン　松田行正＋杉本聖士

© Naoki Inagaki 2020 Printed in Japan
ISBN 978-4-582-83855-8　C0097
NDC分類番号953.7　四六判（19.4cm）　総ページ144